U0520722

重现经典

## 重现经典
## 编 委 会

**主编** 陈众议

**编委** [排名不分先后]

陆建德　余中先
高　兴　苏　玲
程　巍　袁　伟
秦　岚　杜新华

重现经典
编委会
推荐语

　　近世西风东渐，自林纾翻译外国作品算起，已逾百年。其间，被翻译成中文的外国作品，难以计数。几乎每一个受过教育的中国人，都受过外国文学作品的熏陶或浸润。其中许多人，就因为阅读外国文学作品而走上文学创作的道路。比如鲁迅，比如巴金，比如沈从文。翻译作品带给中国和中国人的影响，从文学领域渗透到社会生活的各个方面。从某种意义上可以说，是翻译作品所承载的思想内涵把中国从古老沉重的封建帝国，拉上了现代社会的轨道。

　　仅就文学而言，世界级的优秀作品已浩如烟海。有些作家在他们自己的时代大红大紫，但随着时间的流逝而湮没无闻。比如赛珍珠。另外一些作家活着的时候并未受到读者的青睐，但去世多年后则慢慢被读者接受、重视，其作品成为文学经典。比如卡夫卡。然而，终究还是有一些优秀作品未能进入普通读者的视野。当法国人编著的《理想藏书》1996年在中国出版时，很多资深外国文学读者发现，排在德语文学前十位的作品，竟有一多半连听都没有听说过。即使在中国读者最熟悉的英美文学里，仍有不少作品被我们遗漏。这其中既有时代变迁的原因，也有评论家和读者的趣味问题。除此之外，中国图书市场的巨大变迁，出版者和翻译者选择倾向的变化，译介者的信息与知识不足，时代条件的差异，等等，都会使大师之作与我们擦肩而过。

自2005年4月始，重庆出版社大力推出"重现经典"书系，旨在重新挖掘那些曾被中国忽略但在西方被公认为经典的文学作品。当时，我们的选择标准如下：从来没有在中国翻译出版过的作家的作品；虽在中国有译介，但并未得到应有重视的作家的作品；虽然在中国引起过关注，但由于近年来的商业化倾向而被出版界淡忘的名家作品。以这样的标准选纳作家和作品，自然不会愧对中国广大读者。

随着已出版书目的陆续增加，该书系已引起国内外读者的广泛关注。应许多中高端读者建议，本书系决定增加选纳标准，既把部分读者熟知但以往译本存在较多差误的经典作品，以高质量重新面世，同时也关注那些有思想内涵，曾经或正在影响着社会进步的不同时期的文学佳作，力争将本书系持续推进，以更多佳作满足不同层次读者的需求。

自然，经典作品也脱离不了它所处的时代背景，反映其时代的文化特征，其中难免有时代的局限性。但瑕不掩瑜，这些作品的文学价值和思想价值及其对一代代读者的影响丝毫没有减弱。鉴于此，我们相信这些优秀的文学作品能和中华文明继续交相辉映。

丛书编委会修订于2010年1月

ISMAIL KADARE

# LA FILLE D'AGAMEMNON

# 阿伽门农的女儿

[阿尔巴尼亚]伊斯玛伊尔·卡达莱 著

孙丽娜 译

重庆出版集团 重庆出版社

LA FILLE D'AGAMEMNON BY ISMAIL KADARE
Copyright © 2013, Librarie Arthème Fayard
Simplified Chinese edition copyright © BEIJING ALPHA BOOKS.CO., INC., 2020
All rights reserved.
版贸核渝字（2021）第23号

图书在版编目（CIP）数据

阿伽门农的女儿 /（阿尔巴）伊斯玛伊尔·卡达莱著；
孙丽娜译. -- 重庆：重庆出版社，2021.7
ISBN 978-7-229-15822-4

Ⅰ.①阿… Ⅱ.①伊…②孙… Ⅲ.①短篇小说－小说集－阿尔巴尼亚－现代 Ⅳ.①I541.45

中国版本图书馆CIP数据核字（2021）第089074号

## 阿伽门农的女儿

[阿尔巴尼亚]伊斯玛伊尔·卡达莱　著　孙丽娜　译

策　　划：华章同人
出版监制：徐宪江　秦　琥
责任编辑：秦　琥
特约编辑：彭圆琦
责任印制：杨　宁
营销编辑：史青苗　刘　娜
装帧设计：潘振宇　774038217@qq.com

重庆出版集团
重庆出版社 出版

（重庆市南岸区南滨路162号1幢）
投稿邮箱：bjhztr@vip.163.com
北京联兴盛业印刷股份有限公司　印刷
重庆出版集团图书发行有限公司　发行
邮购电话：010-85869375/76转810

重庆出版社天猫旗舰店
cqcbs.tmall.com
全国新华书店经销

开本：850mm×1168mm　1/32　印张：6.125　字数：105千
2021年9月第1版　2021年9月第1次印刷
定价：49.80元

如有印装质量问题，请致电023-61520678
版权所有，侵权必究

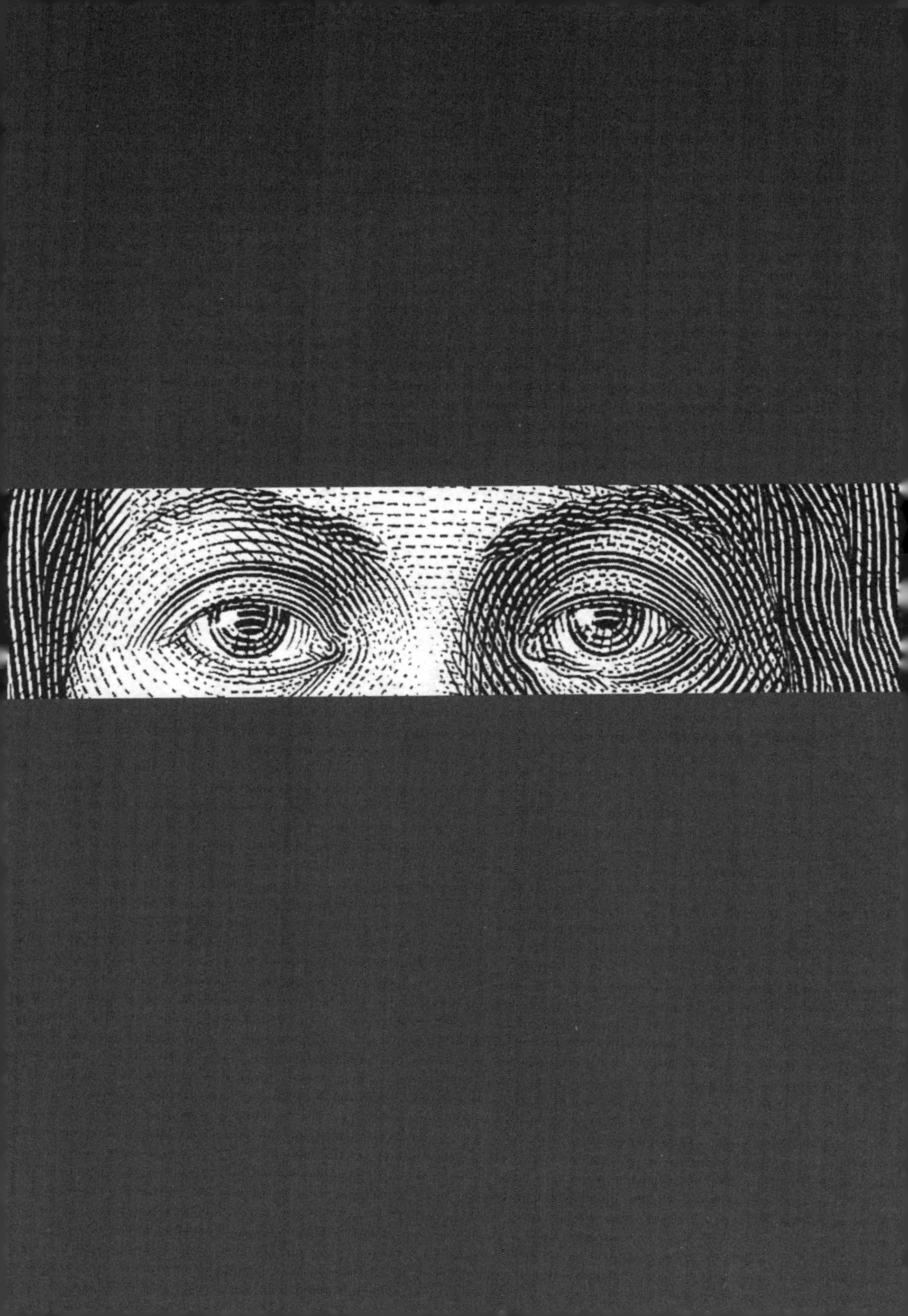

## 目录

长城 001

La Grande Muraille

致盲敕令 031

Le Firman Aveugle

阿伽门农的女儿 097

La Fille D'Agamemnon

# 长城　La Grande Muraille

# 宋督察

蛮夷迟早都会回来的。我的副将叹息着说道。我猜他此刻一定正在望着远方，那里可以看见蛮夷们的马匹。

至于我，我正在思考的事情是，在中国这片广阔的大地上，无论是它那一个个的小镇，还是那些大城市，或是它的都城——虽然那里的人的确要比乡下人知道得更多——当游牧民族穿过长城的时候（甚至那些作为官方代表团穿过长城的游牧民族），你在哪里都找不到一个人不去评论说，蛮夷迟早都会回来的。同时，他们还会发出一声叹息，这样的叹息通常是在感慨一些你认为最后会带着欢喜的悲伤去回顾的事情。

这里的一切几十年来都像墓地一样安静。但那没有阻止我们帝国的子民去想象一场无休无止的残酷战争，长城这面是一方，北边的游牧民族是另外一方，双方永远都是挥着长矛彼此拼命厮杀，有时还会用上硅石，眼睛被挖出来，头发被扯下来。

但是当你想到人们不仅会用英勇的虚假光环来粉饰长城，还会把它其余的部分——它的结构、它的高度——想象得与它真正的样子完全不同，你就不会再觉得有什么稀奇了。他们不会自己去看看，尽管长城有的地方建造得的确很高——确实,有时它高得如果你从它的顶端向下看,就像从我们此刻站着的地方往下看,你会感到晕得厉害——但沿着它一直那么走下去,你会看到它大部分都亟待修护,那副惨淡的样子真是可惜。它已经被废弃得太久了,墙上的砖石一直被当地的居民窃取;城墙本身也有坍塌;现在几乎看不出墙头那种凹凸起伏的线条,在有的地段,它只是名义上的长城罢了,只是几块石头的结构散落在那里,就像无人知晓什么原因建造的工程剩下的残骸。如今它就是这般模样,就像一条蛇在稀泥中游走,以至于在长城蜿蜒到戈壁滩的边缘地带时,你根本无法看清它——它很快就被吞噬掉了。

副将的眼睛一片茫然,就像某些需要一直盯着远处的眼睛一样。

还没等他开口问我下一步该做什么,我便对他说:"我们在等一个命令。"显然,与游牧部落使团谈判的结果会决定命令的内容——如果能做出什么这类决定的话。

整个夏天我们都在等待命令的到来,直到避暑时节结束的时候,皇帝和大臣们应该都回到都城了。秋风吹来,然后是冬天里夹着雪花的冷雨,可是仍然没有什么决定传达到我们这里。

就像通常情况下一样,命令,更像是某种回响,总是在所有人已经不再去想它的时候突然到来。我把它称为一种回响,是因为早在宫里的信使来到我们这里之前，我们就从一些村民那里了解到了政府的决定，那些村民居住在防御工事沿线的村庄或帐篷里。他们放弃了自己的村舍迁到附近山上的洞穴里，每次听到消息他们都会这么做。他们总是能极其神秘地得到消息，甚至比我们接到马上开始修复长城工事的通知还要早。

对他们来说，那可能是一种明智的迁移，因为逃到山里，且不说其他形式的一些痛苦，至少他们可以免受官家的折磨。我始终不明白他们为什么一直从长城的城墙上拿走砖石去搭建自己的屋舍和院子，他们非常清楚，总归得将砖石送回来重建长城。

他们告诉我，这种事情几百年来就没有停止过。就像用来织成围巾的缕缕毛线——会被拆掉重新织成毛衣，然后又被拆掉织成另一条围巾，周而复始——城墙上的大石块已经在村民的屋舍和长城之间这么周转过很多次了。在有的地方，你甚至能看到烟灰的痕迹。游客和外国使团可能会被它们引发各种遐想，却怎么也想象不到，这些痕迹不是什么英勇刀剑的铿锵印记，只不过是灶台的烟火留下的炭灰，多少年来，某间无名屋舍的主人一直在这里烹煮他那寡淡无味的稀饭。

所以，当我们今天下午听说村民们已经搬离了他们的住处，我们就猜到，整个中国可能都已经知道了要重建长城的消息。

虽然这标志着紧张局势的升级，但修复工作并不能加速战争的爆发。与武装冲突不同，重建工作时时发生，以至于长城很容易就有了另外一个名字：重建。总的来说，它说不上是一座真正意义上的长城，不过是无数次接替性的修补罢了。人们竟然假装长城在一开始出现时就是现在这个样子——即使在旧城墙上加以修补，也不过是对之前的城墙，或是更古老的城墙进行了重制而已。甚至有人提出，起初最早的城墙建立在国家的中心，但是在一次又一次的修补之后，它逐渐离边界越来越近，在那里，就像一棵树终于被移植到了合适的土壤中，它长成了巨大的样子，以致让世界上其他地区的人感到害怕。人们无法想象没有了蛮夷的长城，他们甚至认为正是蛮夷的出现才促成了长城的修建，或者说，也许正是在边境兴建长城，才招致了蛮夷的出现。

如果不是亲眼看见蛮夷使团的到来，然后又看着他们离开，我们也许也会像为数不多的那些人一样，认为这种紧张局面（就像之前发生的大多数事件一样）的出现缘于这个国家内部，甚至国家中心，频频出现的纷争。只要了解无数谎言中的一个真相，那种沾沾自喜的满足便会让我们将漫长的夜晚用来构想各种各样的假设，去猜测接下来会发生的事情，还有宫廷中正在筹划的种种阴谋。这些策划如此机密而错综复杂，以至于即使是谋划者恐怕也很难解释清楚；这些策划也有可能源自猜忌，它们如此有力，以致人们说它们可以在黄昏时分将妇人的镜子击碎，等等。

但是这一切都已经在我们的眼皮底下发生了：蛮夷就在我们脚下来了又走。我们仍然能回想起他们宽松外套上彩饰的镶边，还有他们马蹄的嗒嗒声——不会忘记我副将说的那句"蛮夷迟早会回来的"，还有他的叹息、他那空洞的眼神。

在其他任何情况下，我们可能都会觉得，至少假装有那么些许的疑惑，但是这次，我们意识到这种态度是没有任何根据的。不管冬日的夜晚多么无聊，我们总能找到更好的方式来打发时间，除了关注蛮夷的到来，断然不会去编造这样或那样的理由来解释这个国家的焦虑。


来自北方的一种隐隐不安正在我们心中升起。这个国家日趋紧张的局势，如今看来并非源于一种外部威胁是否真的存在。正在日渐明朗的是，从现在起，唯一的问题是战争是否真的存在。

第一批石匠已经到了，但是大多数还在路上。有人说路上还有四万人，还有人说要比这还多。这绝对是最近几百年来最重要的修复工程了。

更听得，悲鸣雁度空阔。昨天，去北边的荒地检查时，我突然想起了这行诗句,可惜作者的名字却想不起来了。最近一段时间,对于空旷的恐惧是让我最感到不安的地方。他们说,如今蛮夷只有一位首领,他正在试图建立统一的国家。目前,我们对于那位首领的具体情况知之甚少,只知道他是一个跛子。那是我们所知道的全部,连他的名字都不知道,只是知道他跛脚。

最近几天以来,蛮夷一直在薄雾中出现,像是一群群的寒鸦,过一会儿又消失不见。很明显,他们也在关注着这里的修复工作。没有了长城我们简直无法想象如何生存下去,我敢肯定,对他们而言,长城是一个不可能的概念,它一定深深地困扰着他们,就像北方的空旷困扰我们一样。

## 蛮夷勇士库特卢克

我接到的命令,是骑着马不停地疾驰,要一直监视着它,无休止地做同样的事情,石头上面的石头,石头下面的石头,石头左面的石头,石头右面的石头,以及所有的石灰缝,可是不论我来回飞驰过多少次,那些石头都没有变化,一直都是那样,就像那该死的风雪,总是与那次一样。

狗年年尾的时候，我们纵贯西伯利亚追击托克塔米，当时我们的可汗帖木儿告诉我们："将士们，一定要坚持住，因为它只不过是风雪而已，不过是发威的母狼逞逞能罢了，你只要等上一会儿，它就会变得柔和湿润。"可是这支石头军队却危害更大，它不会脱落也不能融化，它挡住了我的去路，真不明白可汗为什么不下令向那破石堆进攻毁掉它，就像在怵布卡巴德，我们用手按住巴雅茨德·亚德姆苏丹，当时可汗对我们说了这么一句话："荣耀属于你们这些征服雷霆的人，纵使你们还未曾掌控整个天庭，但那迟早会实现的。"后来，虎年的时候，我们在阿克什赫把所有的战俘活埋，所有人都紧抱双膝，就像在母亲子宫中的姿势一样。当时，可汗告诉我们："如果他们是无辜的，如洽特什巫师所坚信的，那么大地母亲，她的子宫比任何女人的子宫都要丰饶，会给他们第二次生命。"哦！那些日子多好，但我们的可汗再也没有发来命令，让我们把一切夷为平地，而且首领们聚集在库里台大会上时，也不过七嘴八舌地尽是废话，竟然声称那些人们称作小镇的地方不过是些棺材，我们无论如何都要小心，绝对不可进入，因为一旦进去就再也无法出来，他们是这么说的，可是可汗还是没有发来进攻的命令，一直以来，我所接到的一遍又一遍的命令就像那可恶的砖石："勇士，继续观望！"

## 宋督察

长城整个西北沿线的修复工作已经大张旗鼓地展开。每周都会有成批的石匠到达，他们所在省份（朝廷的各个地区争相以最大的规模向长城地带输送劳役）赠送的五彩旗帜和条幅耀眼地招摇着，但是在哪里都看不到军队的调动。蛮夷的侦察员还是像往常一样在远处疾驰而过，但是随着冬天的到来，雾气更加厚重，很多时候我们无法清晰地将他们辨认出来，看不出是马还是骑手，以致有时候他们不像是骑着马的将士，倒像是来自什么地方战场上残缺的肢体，被狂风驱赶着成群地飞过。

眼下发生的事情让人很难理解。一开始，你可能以为这不过是一场军事演习，每个阵营都在试图通过对另一方的蔑视来展示自己的实力。但是只要仔细地分析一下，你就会发现，它们当中包含了极其不合常理的因素。我非常肯定，这是长城地区与京城之间第一次出现这样的脱节。我之前还以为它们是牢不可破地连接在一起的，不仅是我在京城当差时有这样的想法，在那之前，当我还是西藏偏远山区的一名小吏时，也是如此考虑的。我当时总是觉得，它们之间互相牵扯，就像人们说到的月亮与潮汐的关系。来到这里之后，我所了解的是，虽然长城无法移动到京城那里——换句话说，它可以将它朝自己的方向吸引，或者也可以将它推向更远的方向——京城却没有力量来改变长城。它顶多能试图移动一下，就像苍蝇试图避开蜘蛛网，或是来到近前以便依偎在它的胸膛，像一个害怕得抖个不停的人，仅此而已。

在我看来，长城的吸引力和排斥力，恰恰可以解释过去两百年里中国都城的迁移——它向中国南部迁移，到了南京，尽可能远地离开长城，然后它又迁回北方，迁到尽可能靠近长城的地方，北京，这里第三次充当起中国都城的角色。

最近几天我绞尽脑汁地想找到一个更加确切的解释，来弄清楚近来发生的一切。有时候我以为这种摇摆——如果可以用这个词的话——直接受到与都城距离的影响。比起要用四五个月的时间才能到达的都城，较近的都城发出的命令可以更加容易地撤回——都城过远的话，撤销命令的第二辆马车要么没有追上第一辆，要么因为速度过快或是信使过于焦急而翻了，或是第一辆马车出了事故，或者它们都出了事故，等等。

昨天晚上，我们闲聊的时候（我们最喜欢的轻松聊天的一种方式，经常是在花了一些功夫将其他人的看法隐去后才开始，因此尤为可贵），我的副将断言，如果不只是都城而是中国本身想要迁移，长城绝不会有一寸的移动。"另外，"他又随口说了一句，"我说的话是有根据的。"的确,我们两个都一下子想到了,自从长城建成以来,已经有上千年的时间过去了,中国不止一次地扩张出自己的边界,把长城撇在一边,没有任何意义地将它丢弃在灰色的荒原中,与此同时,中国也以同样的次数缩回到自己的边界之内。

我记得,有个姑姑小时候曾把手镯戴在手臂上。等她渐渐变得丰满的时候,那个手镯还是留在手臂的原处,已经快要被埋在她手臂的肉里了。这件事让我想起中国发生的一些事情。长城一会儿勒紧它,一会儿又放松。到了近些年,它看起来大小正好。至于将来,谁能说得准呢?每次我看到我的姑姑,都想起她手镯的故事,这件事至今让我感到好奇。我真的不知道自己为什么一直去想,如果手镯没有被及时取下来,究竟会发生什么,还有,极端的是,我竟然能听到它在她死后还叮当地响个不停,甚至一直松垮地挂在她骨架的手腕处……我双手拢住头部,感觉有些尴尬,竟然想象中国正在随着她手腕上琐碎的装饰一起烂掉。

夜空中看不到星星,但是月光明亮,让你有种很强的慵懒之意,以至于你会以为明天一早所有人都将放下所有的活动——那些蛮夷,那些鸟儿,甚至举国都会平躺着不动,疲惫不堪,如尸体一般并排摆放着,死气沉沉的,就像此刻我俩的样子。

我们最终知道了蛮夷统帅的名字：他叫帖木儿，人们称他为跛子帖木儿。据说他曾经发起了对奥斯曼帝国恐怖的战争，在俘获他们的国王——被人称为雷霆王——之后，拉着他游行，从大草原的一端走到另一端。

很显然，不久前他已经计划对我们用兵。如今一切都变得明朗起来——重建长城的命令，还有这眼前的平静，我们都不知所措地称之为"谜题"，不论我们做任何事情，都无法理解国内的工作部署。在他对付土耳其的时候，这个一条腿的恐怖分子没有构成一点威胁，可如今……

昨晚返回的信使带来了让人不安的消息。在我们王朝的西部边界地区，就对着我们这边的长城，离它不到一千英尺的地方，蛮夷已经建起了一种瞭望塔，不是用砖石砌成的，而是由割下的人头垒成。那个东西对我们来说并不算高——也就两人来高——从军事的角度看，它对我们的长城也算不上什么威胁，但是那些头颅透出的恐怖，要比一百个要塞还有威慑力。虽然召集了士兵和石匠，将那堆头骨的事情向他们做了解释，告诉他们，那与我们的长城相比，还不如稻草人有效果（乌鸦还是围着它到处乱飞，这就是比喻本身要表明的意思），可是每个人，包括士兵在内，都感觉有阵阵阴风从身边吹过。"我从来没往京城寄过这么多的信件。"信使拍着他那皮革鞍囊说道。他说，大多数的书信都是军官的妻子写的,写给她们的闺中好友,诉说在这里让人难以忍受的头痛等诸如此类的事情,其实就是想让好友帮忙,看看能否将她们的丈夫调往其他职位。

信使还说,那堆头骨散布的可怕气氛简直让人无法忍受,以至于它一出现,就让长城的威力大大减少,之前信使曾经向神灵祈求,希望长城的修复工作在这种恰当的时机下能尽早完成。

信使讲的事情让我们每个人都十分沮丧。虽然不愿承认,但我们知道,今后我们应该用不同的眼光去审视长城损毁的部位、城墙上的裂缝,还有那些修补过却仍不牢固的地方。我的脑海中不停地闪现出那堆头骨的样子。信使刚刚离开,我的副将就对我说了一句古语:"鸡蛋碰石头——不堪一击。"这句话中每个字的一笔一画我们都清清楚楚,这还多亏启蒙老师的戒尺——如今这法子早已经过时了。这样看来,那些头骨不过是为了对抗长城所选择的一种武器罢了。

边界附近还是没有军队的调动。一场严重的地震毁掉了所有的东西,唯独没有长城,早就听说它能应付地震的袭扰。上一次余震之后,周围笼罩的死寂似乎越来越严重了……正在进行的重建工作给我的印象是,一点也不仔细,不过是装装样子罢了。地震前的一天，我们右面那个充当瞭望塔的建筑又坍塌了，在这之前它已经塌过两次。这让我想到，对于朝廷的不忠已经侵蚀到这座威严的宫殿了。我的副将却不这么认为。他一直以来都坚信，都城的人纵情酒色，已经深陷歌舞升平之中，哪还有人去想蛮夷和前线的存在。就在昨天，他对我说，他之前听人说起有人发明了一种新型的镜子——它比男人的阳物大上两倍。女人们在做爱之前把它们带入自己的卧室，能起到催情的效果。

唯一让我们感到安慰的是，除了几个侦察的骑兵时不时地疾驰而过，长城的另一边似乎也没有任何动静，再有就是，我们偶尔会看到小股破衣烂衫的突厥兵士。突厥人第一次出现是快到夏末的时候，我们的哨兵仓皇报告。一开始我们以为他们大概是作战部队，乔装成溃散的突厥兵，后来我们从混入其中的线人那里接到报告，原来那些人实际上是帖木儿在忾布卡巴德击溃的那些奥斯曼帝国军队的残余势力。他们已经沿着边境线游荡了好些时日了。他们中多数是老兵，每当夜晚来临的时候，他们的思绪就会回到那片遥远的故土，那片土地上有他们为之奋斗的令人闻风丧胆的名字，他们也许还会想起他们的巴雅塞特苏丹，他的记忆会跟着他们踏过草原，就像一道冷漠的闪电。

他们不止一次地提出想要加入长城的修复工程；在右面那个瞭望塔接连倒塌多次之后，其中一人更是十分坚持，实际上他已经私下见过我，用蹩脚的汉语告诉我，他曾经在很远的一个地方见到过一座桥，在它的一个桥墩上镶着一个人。他用手指着眼睛，发誓他的确见过这样的场景，他甚至向我要了一块纸板，说他可以在上面画出那座桥的样子。那不过是一座小桥，他说，但是为了防止它倒塌，就得为它提供祭品。那么，这么宏伟的长城要想屹立不倒，怎么能没有类似的东西呢？

几天之后，他又来见我，讲了同样的事情，但是这次，他详细地画了一张那座桥的草图。

当我问他为什么要上下颠倒地画图时，他的脸色顿时变得苍白。"我不知道，"他答道，"也许是因为这是它从水中看上去的样子……不管怎么说，前天晚上我在梦中见到的就是这样，是上下颠倒的。"他离开之后，我们花了很长时间来观察他那奇怪的草图。我盯着它看了好一阵子，感觉我都快看到那座桥开始颤动了。要么就是因为那个突厥人之前告诉我，那座桥在水中的倒影要比桥本身还让他记忆深刻？如果我可以这样说，那是从水中看事物的角度——那个突厥人说过，这种观点与常人的想法完全背离，或者说那种所谓的人类的观点。是那片水域需要将人镶在桥上来祭祀（至少，传说是这样）——就是说，将一个人处死。

那天晚上稍晚一点的时候，月光斜斜地照在城墙上，时不时地显现出人影的形状。"该死的突厥人！"我暗暗地骂了一句，心想一定是他在我的脑袋里搅起这么恐怖的影像。我突然想到，那座上下颠倒的桥，也许正是此时这月光下的世界中善与恶在不断涌现的一个缩影。极有可能的是，朝廷之间的确就是在用那样的方式传递消息——那信号早在几百年前或是几千年前就在宣称，他们派出的使团即将带着他们用黑蜡封好的信件到来。

## 蛮夷勇士库特卢克

首领们已经聚集在忽里勒台，帖木儿可汗的命令已经抵达。"千万不要冒险越界到另一边，"上面写道，"因为那样你们将万劫不复。"可是越不让我去，我反倒越想跨过去看看那里的城镇和那里的女人，听说她们在锃亮的镜子中能变成两个人，除了一层他们称之为丝绸的薄纱什么都不穿，女人的快乐夹缝比蜂蜜还要甜美，可这些该死的石头堆不让我过去，它阻碍着我，压抑着我，真想用短剑将它刺上几下，虽然我也清楚，铁器对它不起什么作用，因为两天前的地震它都能经得起。当颤动的大地和那石墙在彼此较量的时候，我在震动中高呼："你是唯一能让它倒下的！"可最终还是没有什么作用，城墙胜出了，它让地震偃旗息鼓。望着地震最后的几下抽搐，我流下了泪水，就像一头被人砍断喉咙的公牛，直到，唉，我看到它没了气息，老天啊，我是那么伤心，就像那次在别特－帕克－达拉平地上我对统帅阿巴嘎说的一样："不知为什么我就是想大喊几声。"他对我说："这片草原叫别特－帕克－达拉，是饥饿的草原，如果你体会不到自己的饥饿，就会感受别人的饥饿，那么策马前进吧，孩子！"那就是他们告诉我的：草原的儿子，策马向前，什么时候都不要停下来，可如今这堆石头让我无法前进，它挡住了我的去路，它与我的战马赤膊对峙，它的骨子里都在嘶喊，我感到自己正在被它拉进阴森的灰泥中，我不知该如何是好，但它正在把我的脸变成灰白色，正在让我融化，将我漂白，啊……

## **宋督察**

  日子还是这么一天天无聊地过着,就好像被突然切换到了晚年。我们还没有从周末遭受的地震中恢复过来。

  他的两轮战车停在我们的瞭望塔前,他说:"我来自教坊司二十二号。"从那时起,我就有种不祥的预感,或者说是某种极其类似的感觉。我问他那个部到底是干什么的,他是不是真的想为长城修复工程中的军士和匠人们演奏几首曲子或是唱上几段,他高声大笑了几声。"我们部里的人很多年不做那种事情了!"他接下来对我们说的更是令人惊骇,以至于我的副将一度打断他,哀伤地向他询问:"那都是真的吗,还是你在开玩笑?"

  过去的几年里,我们当然听说过,朝廷中的一些部、署虽然还保留着传统的名号,可是职能早已完全改变了——但事情竟然如此离奇,听说为皇帝提供增强性能力的药,竟然成了水军要员的主要工作,而舰队却掌握在宫中大太监的手里,唉,没人知道这些人的脑袋都在想什么。他说,这还不是事情的全部。"你知道现在铜矿和铸造厂归谁管吗?这些天谁在操控外务决策?谁在掌控朝廷事务?"

对于他的倾听者流露出的慌乱，他下巴一沉，带着沾沾自喜的满足。他在那儿自问自答，就像将啃了很久的骨头扔向饥饿的野狗。他压低声音，向我们道出了实情，如今负责阉割太监和特务工作的是内阁。他根本没给我们时间喘息，继续透露说，最近，皇宫里的太监集团掌握了不可名状的权力。他认为，那些人不久将完全控制朝廷，中国也许再也不会被称作天朝上国了，或是中央之国，倒是可以轻易地成为阉人的天朝。

他狂笑了几声，然后脸一沉。"你们不妨也笑一笑，"他说，"可是你们不知道，一旦清醒，它会带来什么样的恐怖。"没有一丝笑意，更谈不上大笑，我们的脸色变得像焦油一样黑。他还在那里继续说着，每句话都带着一句"你们不妨也笑一笑，可是……"，在他看来，我们笑了也不会意识到随即到来的灾难。因为我们不知道，男子气概的丧失会使一个男人的权力欲增大十倍，等等。

夜晚悄悄地到来了，他这次喝得更多，尤其是快结束时，那种在我们身上作威作福的快感还有那种来自京城的骄傲，怂恿他向我们泄露了更多可怕的秘密。也许他说得太多了，可是每一句都很有分量，从中你能感觉到，它们如实地反映了当今的局势。当我们开始议论来自北方的威胁时，他又像之前一样轻蔑地大笑起来。"和蛮夷开战？你们怎么这么天真？我可怜的、亲爱的吃公家饭的兄弟们，你们竟然相信这些胡说八道的东西！长城的重建工程？开不开战与它一点关系都没有！相反，那是与蛮夷签订的第一份秘密协约中的一个而已！你们为什么那么看着我，眼神像鳕鱼一样呆滞？是，就是呀，长城的修复工程只是蛮夷所提要求中的一个而已。"

"不，不会的！"我的副将伤心地说，一下子用双手捂住了自己的脑袋。

我们的这位客人从容不迫地继续说着。可以确定的是，中国修建长城是为了保护自己免受游牧部落的侵袭，但是已经过去这么久了，事情早已发生了翻天覆地的变化。

"是呀，"他说，"已经发生了太多的改变，的确，很久以来，中国都很惧怕蛮夷，而且未来的一段时间可能还会有理由惧怕他们。但是也有一些时候，蛮夷是害怕中国的。如今我们就处在这样的时候。蛮夷惧怕天朝。那就是他们坚决要求重修长城的原因。"

"可那多疯狂！"我的副将说，"害怕一个国家，却让它加固边防，这简直是无稽之谈！"

"老天！"我们的客人喊了一句，"你怎么这么没有耐心？！让我把话说完……你们那么瞪大眼珠子盯着我，简直就像一群野鹅一样把我打断，这还不是因为你们不知道其中的缘由。所有疑惑的关键就是：惧怕。或者说得更准确点，是骨子里的惧怕……现在你们给我好好听着，都听进脑袋里：中国的惧怕和蛮夷的惧怕，虽然汉语里它们都被称为惧怕，但二者却大不相同。中国害怕蛮夷的破坏力，蛮夷害怕中国那种柔软。它的宫殿，它那里的女人，它那里的丝绸。在他们眼中，那所有的一切都意味着死亡，就像蛮夷的长矛和扬起的飞尘意味着中国的末路一样。那么这座奇怪的城墙，它屹立在二者之间就像一个障碍，有时候却也有益于某一方的利益，有时又有益于另一方的利益。现在，它的存在就有益于蛮夷的利益。"

真想当面骂他一顿，或是把他称作大骗子、小丑、吹牛精，这样的想法一直在我心里忍着。就像他到现在为止所说的所有事情一样，这些想必也是真的。我还模糊地记着成吉思汗攻占中原时的情形。他把我们的皇帝们推下台，让自己人取代他的位置，后来又换掉了那些人，因为他们明显变得柔弱起来。几年前的一次晚宴后，我们的严杰阁老妄言大明最后四代将被蒙古人把持朝政，他难道没有因此而获罪吗？

所以，长城的修复工程是蛮夷提出的要求。帖木儿要比他的前辈深谋远虑，他已经深知，攻占中国不仅是没有意义的，也是不可能的。中国被刀剑夺走的东西会被丝绸重新赢回来。

所以帖木儿情愿让边境线封闭，也不会发动进攻。这一点就可以解释，为什么使团刚刚经过长城，两边的双方就都平静了下来。我们这些人竟然轻率地将之归因于一个解不开的谜题，归因于一种愚笨，甚至是因阳物增大镜而引发的一种错觉，实际上，这直接缘于双方的意愿。

那天晚上，很多想法涌动在我的心中。与我们想象的相比，哪个朝廷都要明智得多，也要愚蠢得多。我回想起双方的很多官员在一轮一轮地会谈。可如今，我看他们的眼光却完全不同了。成吉思汗的魂魄早已不再强大，我常常从在北方从事间谍工作的人那里听说这一点。但是我们听到了也不会去关注，只是告诉自己：这些不过是关于蛮夷的传说而已。他们变得柔弱多了，后来又强硬起来，对这种事情认真，就像试图去解读白鹳在天空中飞行时不同的阵形一样。但那根本不正确。在这个灰色的大草原上，有些事情的发生是很奇怪的，我考虑得越多，它看起来就越重要。一个巨大的变化正在控制着这个世界。游牧民族已然黔驴技穷，而帖木儿，那个老天不知为何非要他成为跛子的人，正在构建一种全新的权力的平衡。他已经让数个民族遵从唯一的信仰——伊斯兰教，现在他又试图将他们安置在一片将来可以成为国家的领土之上。这些不同种族之间的互相侵犯此前看似令人费解，现如今可能要在这地表之上停下来了，尽管尚不明晰这是好事还是坏事，因为你永远弄不清，一个被控制的蛮夷与一个随心所欲的蛮夷相比，哪个更危险……我想象着帖木儿就像一根长矛屹立于亚洲的中央，他周围的那些牧民听着他的训诫，他要求他们停止野蛮的劫掠，却鲜有人做出回应。

从高高的城垛上，我能望见这片城墙的整个轮廓，月光似乎将它全部展示在了我的眼前。我试图去想象，帖木儿第一次看到它的轮廓时会做何感想。他一定会想：我会把它推倒，夷为平地，在上面种满青草，让它永远都不能恢复原来的线条。然后，考虑到如何保护他那僧院一样严苛的王国免受放纵的柔风侵扰，他一定又会自言自语地说，即使是老天也无法给他献上比那城墙还珍贵的礼物……

第二天，天还没破晓，当我们的客人乘上他的两轮战车准备上路的时候，我还很想问问他那个教坊司二十二号到底是个什么东西，但是，出于种种原因，我也不知自己这样做算不算有些冒失。多少是有些不礼貌吧，我猜，还有点担心会听到某件新的让人恶心的事情。看着马车在两堆碎石中间嗒嗒地跑远，我的副将骂了一句："真希望你把那该死的脖子摔断了！"

我们感到有些沮丧，眺望着远处的景色，虽然这些年来我们的眼睛对这里的一切已经再熟悉不过了，如今它看来竟是另一番样子。我们曾经咒骂过我们的客人，希望他的马车能翻倒在路上，可实际上，正是他报复了我们一顿，他把我们的想法彻底颠覆了。

就是说，长城已经不再是我们想象的样子。很显然，它被冻结在时间里，被封存在空间里，虽然它下方的一切都在随风变化——边界、朝代、联盟，甚至是不朽的中国——可是长城却恰恰相反。变化的是墙体。比妇人还要无信，比天上的云朵还要善变，它把自己石头做的躯体伸展到千万个盟友那里，就是想要掩饰自己只是一个空壳的事实，里面包裹着的是内心的空虚。

逝去的每一天都让人倍感乏味，我们开始意识到我们已经在多大程度上成为长城的一部分或是它的包袱。它背叛了我们，还要给我们带来这么多的痛苦，当我们明白了这一点，就开始咒骂它。我们那位客人预言说，终有一日，长城会再次为中国效力，这不过是个小小的慰藉罢了，就像在别人看来，长城所谓的内部变化也许构成了它真正的实力，因为没有了它们，它将一无是处，不过是一堆死气沉沉的尸体。

当我在清晨时分眺望它时，一切都笼罩在寒霜之下，我满脑子都是阴郁的想法。可能我们所有人都是如此。它在每个人的身上都体现出一样的特点——灰色和神秘——即使当所有的人性都消失殆尽的时候亦是如此。它会腐蚀人类的尸体，就像我姑姑的手镯，她长眠于地下多年，却仍受其侵蚀。

长城脚下一名蛮夷探子的死亡，让我们从麻痹之中清醒过来。之前我们经常看到他越来越近地在城墙边疾驰而过，就像要把自己粘在墙上一样，直到最后，他像一只盲目的鸟儿径直撞上了城墙。

我们没有等待任何指示，只是准备好一旦上司询问，能够对此次事件做出解释，可能是我们这一方的原因，也可能是蛮夷那一方的。当我们检查城墙沿线五十英尺或是更长一些的道道血迹时(看来那个骑士把自己弄伤之后，曾经猛刺战马，刺激它跑得更快)，我的脑海中一下子浮现出那座遥远的小桥，突厥人说，它需要祭品。老天，我想，它们这么快就联系到一起了吗？

我又努力地思量着这个凶兆所走过的距离，这个凶兆会转移到何处，还有那座上下颠倒的桥的影像背后，到底藏着什么样的秘密。它不过是这个世界呈现在我们面前那成百上千个令人误解的影像中的一个，只有在你经历了之后才会看清。

# 蛮夷勇士库特卢克的鬼魂

　　现在我来到了这一边，再也不需要战马或是飞鸟帮我跨过来了，因为一丝风，或者在宁静的夜晚，一地苍白的月光就可以帮我做到——如今我在这边，再也不用因那些地狱中头脑迟钝的人感到惊讶，也不必因易怒的心胸狭窄之人感到气愤。

　　他们心胸狭窄一定是缘于他们对一切东西的肤浅判断，尤其是 (就拿这次愚蠢的错误来说，竟然让我不幸遇上) 中国的长城，人们都坚信它的作用巨大，可实际上，它不过是一道可笑的栅栏而已，尤其是当你将它与真正的边界相比，与那真正的高墙，与母墙相比，它让所有的边界无力效仿，我们或者将其称为，像很多人所说的，无人能够返回的边界——它是生死之门。

　　所以，我再也不需要战马，同样，不需要异国语言，不需要学习，所有那些被认为成为文明人所需的东西，对我来说都没有什么用了。

　　那么可怕地跌入地狱，它就发生在我将自己虚弱的躯体如破布般丢弃在中国城墙的外沿之后，这足以让我明白一些事情，它们原来可能要花费我几千年的时间才能弄清楚。恐惧教给我的知识，远远比所有文明以及学院的产物相加还要好，并且我认为，之所以不让我们返回，哪怕只有一天的时间，那即使不是唯一的，也一定是主要的原因。我猜大概是因为，我们可能用不上一周就能成为这个星球的主宰，而那显然不是诸神愿意看到的结果。

说来奇怪，当我们谈到自己的过失时，谈到我们的愤恨、碰撞的声音，还有往日的那些纷争时，尽管我们的魂魄挖苦地笑着，我们中的多数人还是不愿待在那里，而是想要回去，哪怕只有片刻也好。有人开始迫不及待地告发谋害自己的人，有人想把那些带进坟墓的国家秘密泄露出来或是当众说出，但是多数人只是怀旧而已。当然，我们那种想要见到至亲的愿望也伴着其他希望，我们想要说出我们在这边所见所闻中最细微的困惑。

每隔一万年或是一万五千年，就会有传言，那些想要回家一趟的人被批准了。大批的鬼魂就会急着赶往城墙边界那里。可是接下来我们却看到它在眼前若隐若现，一大批邪恶的人出现在漆黑的夜里。那里的守望者据说是盲人。穿越只有一个方向，从那里到这里……从不会从这里到那里。

有人小声鼓动着，说有一天穿越会出现双向的情况，我们也一直这么期望。有的人止不住哭了起来。他们说，他们的至亲从他们死后就一直期待着，可以慰藉他们受伤心灵的寺庙也在期待，甚至整个国家的人都在等着他们回去。他们说他们有请帖，他们在远处挥动着请帖，像是挥动横幅一样；有人给他们出具了凭证，说已经准备好了给他们提供食宿，还愿意为他们的安全返回做担保人。他们展示着学术徽章，顶上还有皇冠以及其他神圣的印记，不知是从哪儿搞来的。但是大门从没有打开过，不为任何人打开。

这些鬼魂开始发起怒来，开始抗议，还大声地吵闹，那声音即使在瞭望塔的顶端也能听到。他们喊叫着，说这个古老的故事和在人间是一样的，什么都没有改变，他们说，这么严苛简直就是没有人性……

因为这是另一种穿越边界的情况，我们这些曾经跨越城墙或是其他障碍的人，都抱有自己可以被特殊关照的希望。有时我们这些人会单独聚在一起：有人炫耀长矛和子弹穿过躯体留下的伤疤，有人展示带刺铁丝在皮肤上留下的裂痕，或是大使馆围栏的尖头刺过胸口留下的大洞，我们幻想着那些伤口能够让大门守卫心软下来。但是很快我们就发现，那不过是一厢情愿罢了，没有人能够成为被放行的通过者。

看到我们受到如此的对待，其他人都失去了所有的希望。一小股挫败的人四散而去了，以为有朝一日法令会出现松动，他们又开始四处打听，希望新的传言出现，能让他们重新振作起来。

上次，在等待的人群中，有人指出一个名叫耶稣基督的家伙……他们为了他的永生想了一切可能的办法，甚至为他唱起了赞美诗。而且，他的徽章还闪烁着教堂屋顶的光芒，这说明，在那里的所有人当中，人们最希望他能重返人间。

实际上，即便是他也没那么乐观。他在城墙的地基附近来回地走着，从远处展示着被钉过的疤痕，他们曾经将他钉在了十字架上，可是那些守卫却假装没有看见。除非，就像我们一直以来所怀疑的那样，那些守卫真的没长眼睛。

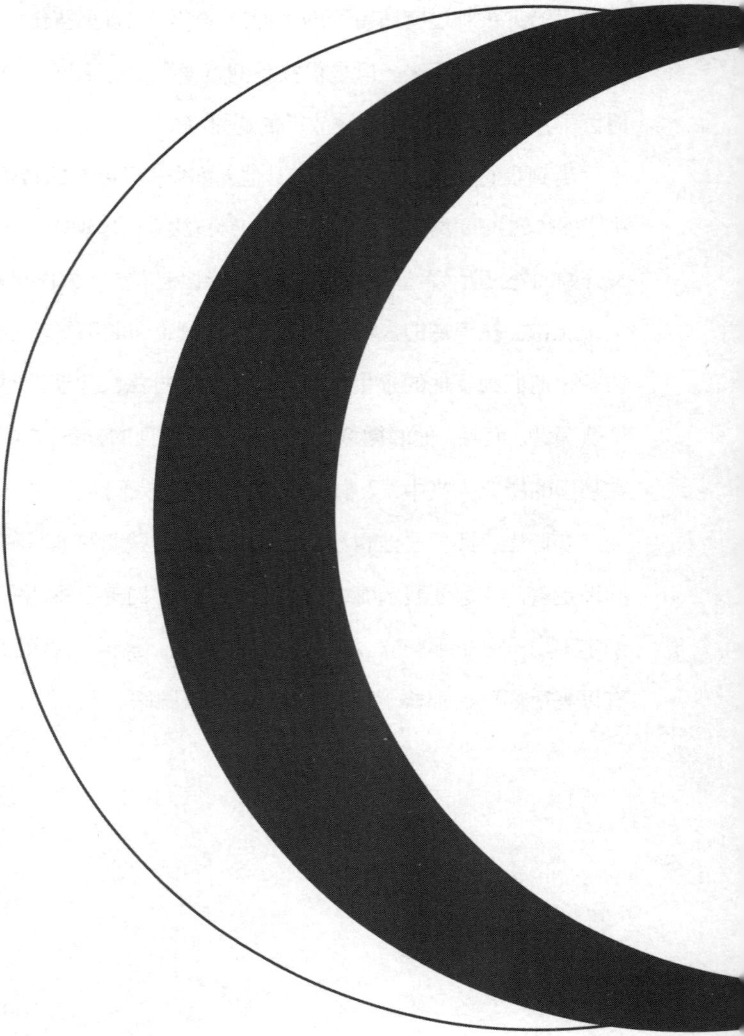

# 致盲敕令 　Le Firman Aveugle

## 1

到了九月的最后一周,情况已经很明显了,引发这些事件的,不可能只是一连串的偶然。还没来得及吟诵第一句祷文——在那些有幸聆听他祷告的人看来,那是如此令人叹服——我们新的易卜拉欣霍加就从光塔的台阶上跌落下来。接着,我们听说王储突然发病,也是在一次公开露面之后。在不到一周的时间里,又接连发生了两三件反常的事情,并且在这一周的末尾出现了最为意想不到的变数。在赶往王宫的路上(人们都猜测他会在那里宣读一份期待已久的英国政府的贷款协议),英国大使被卷入了一起交通事故当中,并且他所乘坐的马车还翻车了。

路人沿街追寻一个人——一个女人,也许是一个戴着面纱的男人(在马车侧翻的几分钟前,他盯着马车穿过了清真寺蓝桥)——但结果只是徒劳,那就是找不到肇事者的原因。但是,所有人一致认为:大使遇到的车祸,年轻的易卜拉欣突然倒下,还有王储突然生病,以及其他一些类似的事件,一定有着共同的原因。那就是邪恶之眼。

这显然不是邪恶之眼第一次发挥魔力。人们还都记得,更不用说国家的档案记录里,满满的都是类似的事件,它总是想时不时地证明，一旦发挥威力，它完全可以像瘟疫一样散播厄运和灾难。所以没什么可大惊小怪的，自古以来人们就有这样的说法："他被邪恶之眼摄住了！"

也许是因为秋天里湿冷的天气，或是经济上面临的危机，邪恶之眼的携带者此次采取的行动要比以往更具破坏性。这一点也让人们更加紧张、更加气愤，就像它总是会给一些报道提供格外详细的资料，据说，已经提交到君主那里去了。

几天前，人们就开始期待苏丹能够做出反应。即使不是颁布法令（一些人认为应该以这样的形式），至少也应该做出一个决定，或者声明，或者是秘密的通告。

直到周二晚上，帝国法庭也没有颁布什么敕令。就像以往类似的情况一样，人们初步推测会采取的措施，被更加混乱纷杂的流言蜚语渲染了一番。

此前，"邪恶之眼"发起的任何可疑的蓄意破坏，政府都会采取严厉的措施加以惩处，就像惩罚异端分子一样：罪犯被扔进生石灰坑，被活剥，或者被石头砸死。首都的人还记得将珊妮莎活剥的事，那个老妇一直都在怒视着，她之前设法让前任阿次兹苏丹的女儿染上了癫痫，这件事，首先造成了无尽的痛苦，然后是漫长的疾病折磨，最后还导致苏丹被废黜。这起事件所带来的骚乱，让整个国家花了好几年的时间才恢复过来。

长着邪恶之眼的人就那样被处置。但是现在，在当今这个全新的国家里，这种方式的惩罚看起来多少有些野蛮和凶残，而且也早已过时了。

那么怎么做才是合适的呢？那些长着邪恶之眼的人就应该被善待吗？就允许他们恣意地胡来，直到他们不再仅仅是把人击倒，还有我们房屋的墙壁？人们反对宽容那些带着毁灭性眼神的人，还有一些人，大体上反对国家大法出现一点的宽松，他们也有这样的疑问。实际上，他们可能会问，你能说出一个案例，其中邪恶是不需要铁腕手段来消除的吗？你在考虑，强迫长着邪恶之眼的人将那些在异教徒[1]的国度里发明出来的像玻璃一样的东西戴在头上，他们把那恐怖的水晶体称作眼镜？或者你情愿让他们给眼睛蒙上黑头巾，让他们看起来像一个个的海盗？

不，这些措施都不会有用的，他们这样说。邪恶之眼施展它的毒性就像——也许更有威力——透过一个眼罩，当然通过那些可恶的玻璃一样的东西，很显然威力要增强，即使你用油烟将它涂黑，这就像首都那些时尚的年轻人最近开始做的事情一样。

---

1　此处指基督教徒。

有人这样评论，他们总是尝试弄清楚接下来会采取什么措施，直到那天——一个周五——最后，终于，法令颁布了。

像所有重要的敕令一样，这次的标题非常短：奥斯曼帝国敕令，从字面上说，意思就是致盲敕令。不过，与人们的期望不同的是，它既不算严厉也不算宽松。它是一个模棱两可的决议，同样也让反对党们感到不满，但却是稍稍不满，这就让他们可以有自己的主张，同时还心存对国家以及对君主的崇敬——尤其会对苏丹充满敬意，他再次表明，自己完全有能力挑起国人情绪上的纷争，而同时又可以高高地凌驾在上。

很快——就在敕令颁布后的一周里——内阁辩论中开始出现各种版本的细节，这个命令就是这样孕育出来的。按照惯例，反对酋长犹勒－伊斯兰派的库珀律鲁宗族，一直以来赞成更为宽容地对待长有邪恶之眼的人。库珀律鲁宗族提议，任何由政府发起的活动都不允许这些人参加，或者禁止他们出门，或是，如果他们犯下了滔天大罪，就将他们驱逐出境，像处理麻风病人一样，将他们集中圈禁在偏远的地区。而犹勒－伊斯兰酋长及其属下则支持传统的处罚方式。苏丹听了每一派的意见，最后决定不采用任何一方的建议，又或者说，他同时采纳了两方的建议。敕令就是以这样高明的方式向两大派系让步，它平息了那些反对犹勒－伊斯兰酋长使用野蛮刑罚的人的愤恨；同样它也疏导了一些狂热分子对于库珀律鲁宗族的绝望情绪。苏丹就这样让自己超然处于双方的纷争之上，他并没有收获两方的尊重，但却煽动起了一种特别的且略带伤感的情绪，一看到他，就不得不感激他，虽然有更紧迫的需要马上处理的事情，他还是出面干预这无休止的派系之争。

传达公告的人还没有来宣布，也没有在报纸上看到，可关于敕令主要内容的消息，已经在坊间开始散播。敕令的主旨内容是这样的：

近日由邪恶之眼引发的祸事逐渐增多，这些罪行[1]带来的风险正在演变成一场真正的灾难，出于国家和人民利益的考量，不得不采取一些措施。

长着邪恶之眼的人再也不会像以前那样被判处死刑了；只是不允许他们再作恶了。剥夺他们犯罪工具的目的达到了——犯罪工具就是说他们的邪恶之眼。

所以敕令中提到，任何人，只要被判定长着邪恶之眼，都得付出失去眼睛的代价。

---

1 　作者本用sykeqoja一词，指眼疾，由于是古英语很难查找，改成了misophthalmia。

那些拥护这个敕令的人，可以得到政府的补偿金，有了这么大的一笔钱，遭受失去眼睛痛苦的人竟摇身一变成了权贵。对于无论如何都要抵制致盲敕令的那些人，或者试图逃避它的那些人，将进行除眼（这个词汇第一次在官方文件中使用），就是说，强行弄瞎双眼，他们将徒受痛苦且得不到补偿。

在这个古老帝国所有的辖区发起了一项号召，公开或不记名地谴责任何具有这样魔力的人。他们应该在揭发信的末尾写上被告的全名、准确的居住地址或工作地址。不管他是什么人都可以揭发，不论是普通百姓还是公职人员，不论是这个国家里什么等级、什么身份的人。最后一句话，让很多人梦幻般地凝望着远处，就好像他们已经看到了远处地平线上刚刚出现的一个不起眼的小点。

# 2

很快，报纸上也开始有相关的介绍，显然，政府的一些通告要远远比那些传统的传播途径更加高效，比如通过镇上传达公告的人，可有些人更喜欢通过报纸来了解。这种不同当然与公告本身的性质有关，还要看那些想要了解公告的人，是以目不识丁的普通百姓为主，还是一群握有实权的精英。

不论是通过眼睛传播，还是通过耳朵传播，这则敕令立即引发了恐怖。但是，只有让耳朵和眼睛共同努力才能充分掌握它的意思，将它传输给大脑。这也许就是为什么人们一开始从传令员那里听说此事，接下来会争相买报纸去阅读，同样那些一开始是从报纸上知道此事的人，会将报纸放在咖啡桌上或是公共长椅上，匆匆来到最近的广场，等待传令员的到来。

从前的某种感受，也许最近几年人们已经忘却了，突然又开始渗入到周围的空气中。这种感受就是恐怖。但是，这次它不是一种普通的恐怖，不像你对疾病、对抢劫、对鬼魂以及对死亡的恐怖。不是，这次是一种冰冷的、没有人性的、莫名的、恐惧的感受。虽然外强中干，这种恐惧的感受却在人们心中最隐蔽的地方开始滋生。不过是几个小时，顶多是几天的时间里，成千上万的人因为一些无足轻重的事件被卷了进来。六年前就发生过类似的事情，当时正在发起一项活动反对被禁的教派(后者最终还是再度崛起了)。更早一些，大约十五年前，也有这样的先例，人们破解了一个巨大的阴谋，一开始它看起来只是牵扯了很少的几个高层官员，但是逐渐地，它造成的破坏开始蔓延，成千上万个家庭陷入了恐怖之中。

人的天性往往会将整个集体的不幸从记忆中擦掉，这会让他们忘掉——或者他们相信已经忘掉——那奇特的氛围，那氛围只有在巨大的恐怖来临时才会出现。就在危机初露端倪与第一场灾难袭来的间隔期，人们还抱有希望，以为恐怖不会真正到来，邪恶也许不会得逞，梦魇很快就会消失，他们摇摆在麻痹的状态中，装聋作哑，一副茫然的样子，可这不但没有让恐怖平息，反而助长了恐怖的势头。

他们以为自己已经忘记了，可是鼓声刚一响起，传令员刚一宣读致盲敕令中的文字，他们就意识到，他们什么都没有忘，它原来一直都在他们的心底，小心地隐藏着，就像戒指中的毒药，就藏在那个挖空的小洞里。就像以往的几次一样，他们还没有弄明白到底发生了什么，就嘴巴一干，想先尝为快，看看这到底是什么东西。

从一开始就很明显的是，这次发生的事情会更加凶险，超过那次反对被禁教派的运动，甚至之前所有这类的事件。原因是，这次新运动的目标非常模糊，很难将它锁定。此外，每个人又都感受到了它那实实在在地存在着的影响。即使斧子可能只是会落到特定的圈子里，正如那场运动只是反对被禁的教派，或者会落在受到排挤的官员身上，就像那场密谋反政府的事件，那么每个人，还有他们所有的亲友，也都会受到影响的。这次，虽然考虑到问题显然与某种不确定的事情有关，就像一个眼神中也许是恶意也许是善意一样，并且，在这两者之间，它也同样适用于眼睛所看到的所有东西（每个人都有眼睛，谁也不能以不关乎自身为理由，要求得到豁免），这次人们相信，新的运动，无论在范围上还是猛烈的程度上，都可能是前所未有的。很明显，凶猛的旋风会将每一个可疑的人卷走，并且扫过他们中的每一个，绝不留情，直到他们受到致命的惩罚。

在家里、办公室里、咖啡馆里，人们从周六的一大早就在谈论这件事情。方式就和谈论之前发生过的几次运动一样，这次，人们谈论这个致盲敕令的方式与他们灵魂中感受到的不祥之兆似乎毫无干系。他们对它毫不在意，几乎把它当作玩笑看待。显然，他们认为，就这件事与他们个人的关系而言，无忧无虑是避开任何嫌疑的最好方式，因为怀疑可能就潜伏在他们自己的内心或是别人的心里，那样的话，敕令也许就会对准他们，就像它对准任何人一样。尽管如此，在他们的谈笑风生之中，也有这样的时刻，当人们的目光交汇时，匆匆的一瞥会凝结成锋利的冰片。危急时刻之下，每一个说话的人都会试着去揣测周围谈话人的心思：他不会是真的以为我有那样的眼睛吧？

这种紧张的插曲也就持续两三秒钟。说话的人或是其他的人就会让自己的眼神显得放松一些，然后欢声笑语会重新开始，场面更加热闹。人们议论的大都是同样的话题，而且是多数人假装不在意的、与自己利益无关的话题。比如什么是邪恶之眼？有没有什么可靠的方法能把他们认出来？

在这件事情上人们的看法不一。按照传统的看法，人们通常认为，邪恶之眼在浅色虹膜的人身上尤其容易找到，而深色虹膜的人身上则极少发现，但是人人都知道，单单眼睛的颜色不能作为充分证据来判断眼睛是否有恶疾，尤其作为一个国际性的帝国，很多少数民族族人的眼睛——还有他们的头发和皮肤——多少都比其他人要深一些。不，当然不能将颜色作为重要标准，它只能是和其他标准一样，只是作为其中一个而已，比如斜视，或者眼球的大小不正常，当然它们也一样不能算作决定性的因素。但可以肯定的是：没有一个单一的特征，这些所有的特征也不会那么巧合地集中在一双眼睛上，为眼睛恶疾的锁定提供明显的证据。不，应该是别的什么，一些不同的东西……那是一种特殊的融合，将眼睛固有的特点与目光掠过周围环境留下的踪迹融合在一起……当然，它很难察觉，尤其是敕令提到了，如果没有明确的迹象，在这件事情上它就没有什么用处。但是如果敕令本身对这样的细枝末节不做出迁就，很显然，那些遍布各地的特别委员会将不得不需要一些指示或是明确的指引，才能甄别出这种有害的魔力，同时避免出现错误的解读或是滥用职权的事情。

谈到这里的时候，人们往往会捂住嘴，焦虑地叹息一声，然后又回到欢快轻松的话题上。

这就是人们在办公室里，在大批间谍出没的咖啡馆里，甚至在有客人来访时的家里聊天的样子。当人们发现只剩下自己的时候，会赶快找个有镜子的地方，连续几分钟一直站在那里。深色眼睛的人努力地说服自己，他们的瞳孔深得足以免受任何嫌疑。浅色眼睛的人则试图用一套相反的理论来说服自己。但是站在镜子前看的时间最长的是那些斜视的人，或者因为过敏，因为血压高，或是由于其他原因眼部受到刺激，而使眼睛红红的那些人，也有的人是因为黄疸引发眼睛模糊，因为牙痛或饮酒造成眼睛肿胀，甚至还包括那些患有白内障的人。

除了那些早已失明的人，任何人都不敢确定自己能否被敕令赦免。正如人们很快就意识到的那样，那就是敕令致命威力的根源。

虽然一些人告诉自己，他们只要装出一副笑脸，抓住机会就拿此事开开玩笑，一定可以抵御邪恶，可其他人则开始悄然地淡出公众活动，只希望自己被人遗忘。他们闭门不出，经常躺在床上，用毛毯裹住头部，还在脑海中列出了一个个的私敌，或是那些嫉妒他们有份公职的人，他们也许会利用眼下的局势来公开批评自己。鉴于后面这种情况，有人干脆抢先出手，先把敌人指责一番，希望尽管不能及时挫败他们，也至少能确定即将面临什么程度的指控。

与此同时，关于新敕令的流言蜚语已经达到最盛，可目前却没有任何明显的行动，那么一定是在秘密地进行着了：第一轮的告发已经开始了，由此列出的第一批嫌疑人的名单想必已经在审批中了。成立的中央委员会已经受到委托，负责指导这次运动。它设置了无数的分支机构，遍布这个帝国的各个省份。随后不久，一种奇怪的、新的场所开始兴起，它有奇特的名头，由奥斯曼土耳其一词的前缀qorr加上另一个不知什么原因从可恶的异教徒语言中借用的词组成：帝国办事处。

人们三五成群地聚集在新粉刷的布告牌前，帝国办事处这个词，从字体上看变小了，而且还加上了括号，虽然很大程度上粉饰了"致盲办理机构"这个称谓，来往的路人还是会问一下：这是什么办事处？干什么用的？

干什么用的？这简直太明显不过了！你是从月亮上来的吗？你难道没有听说过我们伟大的苏丹最近颁布了一项新的敕令？愿真主安拉保佑他长命百岁……

即便这样，人们也没有立刻弄清楚帝国办事处具体的职能。有人认为，它唯一的职能就是将被揭发的事情搜集起来，然后将它们上交到更高层的权威机构；也有一些人——了解事实，他们刚一看到用来押送嫌疑人的高栏板简易床，两侧的栏板上还装了皮带，就一下子想起了医院手术室中推送病人的担架床——很容易就猜出，帝国办事处就是把眼睛除掉的地方。在合适的时候，尤其是在运动达到高潮的时候，帝国办事处的性质和它真正的作用就完全显示出来了。这个机构不仅要搜集揭发的信息，这是帝国每一个下设机构都有专人负责递呈的（尽管中央委员会的地址早已家喻户晓），这些地方都统一配备了为致盲人特制的铁床，被称为帝国床架。尽管如此，这种装置通常只是象征性的。实践中，大多数致盲的处理都是在别的地方完成的，除非它只是想乘机给所在的或是邻近的街道一个极有必要的威慑。

接下来的几周证明了这一点，在整个运动期间，帝国办事处的作用主要并不是收集揭发的案件并让涉事人眼睛变瞎，更多的是做些别的事情。与最初留给人们的印象相反，那些地方机构，虽然听起来像它名字暗示的那样凶险而又荒凉，却变成了嘈杂热闹的人群聚集之地。人们去那里想看看运动进展到什么程度，想获得与敕令有关的各种细节性信息，或者了解一下中央委员会最新的指示，相互打探一下关于某某某的消息，在犹犹豫豫之后，决定通过告发自己来让他人的眼睛被除掉，这时还不忘对君主歌功颂德一番。

实际上，一些人喜欢在帝国办事处打发他们大部分的时间。他们甚至还把街角咖啡馆里点好的咖啡带到那里喝；其他人，大多是一些年轻的，充当着传令兵的角色，把信件拿走又带回新的来信，或是不知什么人签发的指示文件；还有一些人甚至沉溺于高谈阔论，铿锵高调地讲述时眼中还泛着奇异的光彩，这一切还不是为了奥斯曼土耳其帝国的敕令，能够终于清除邪恶之眼，让这个世界免受它那邪恶力量带来的可怕影响，成为一个更加美好、更加迷人的地方。

帝国办事处这种几乎如节日般喜庆的氛围，偶尔也会被突然打断，一群气喘吁吁地叫骂着的人拖着一个长着邪恶之眼的人，那人要么是在行动中被当场捉住，或者只是以蔑视皇家敕令的罪名被人揭发的可怜虫。

虽然事实是帝国办事处已经不再是一副阴森恐怖的样子，变得更像是一个公共场合，大家还是一致认为，要执行致盲敕令可不是那么容易的。中央委员会已经发布了指令，列出了五种可以接受的方式来除掉眼睛：拜占庭－威尼斯方法（铁棒一端分叉并将尖部打磨锋利）；西藏方法（将重石摞在嫌疑人的胸部直到他的眼睛从眼窝中鼓出来）；当地的方法（用酸）；用罗马－迦太基方法（突然暴露在强光之下）；还有欧洲方法（长期禁闭在完全黑暗的状态下）。

在同一则指令中还规定，主动揭发自己的人，还有由于种种原因被委员会判定应该享有特权的人，不仅可以定期得到补偿金，还有权选择用何种方法使自己失明。

很容易猜出人们通常会选择哪两种方法，而且，这两种方法通常也被认为是对受刑者的一种象征性的偏袒，它们就是罗马－迦太基方法和欧洲方法。除了因为这两种方法没有什么痛苦，还因为它们不会触碰到受刑者的眼睛，这样就不会出现眼窝的空洞或是脸部的受损。

它们之间唯一的不同就是程序所需时间的长短。第一种情况，将眼睛强行暴露在强光之下，使受刑者失明可能需要两三分钟的时间；第二种情况则需要长达三个月的时间蒙住受刑者的眼睛，然后再突然扯掉缠带，才能当时就引发彻底的失明。

罗马－迦太基方法除了不会引起任何心理上的痛苦（几个月的时间都要在完全的黑暗中度过，让你沮丧不堪的还有痛苦的回忆，等等），执行的条件也是极其清洁，因为它很大程度上取决于阳光的状况。结果，它很快成为那些自我揭发之人首选的办法。选择这一办法的还有其他一些嫌犯，通常是那些地位较高的人，帝国敕令的威严之下，他们是得不到保护的。

至于其他带有暴力的方法，融合了肉体残缺的痛楚与补偿金的缺失，很难说哪种是最可怕的。在它们之中做出选择的困难之处在于，就像有人后来解释的，在受刑者之中总能见到各种犹豫不决的理由,那些磨蹭到最后的人,只好央求执行者为其做出选择,求他们尽快结束自己遭受的痛苦,越快越好。

与五种不同致盲技术操作指南一起的,还有其他的紧急措施,这些都明确地显示出,致盲敕令将得到彻底的实施。医学高中还启动了旨在推进眼科培训的项目,首都的几家铁厂完成了第一批铁叉的生产,满足拜占庭－威尼斯致盲方法的实施,其他的车间也开始了酸的生产,生产出来的酸就存放在结实的小桶中,以确保经过长途的运输后,它们能安全地运达帝国的各个角落。西藏方法的实施就不需要什么特别的东西了,大块的石头随处可见,因此也不需什么特别的准备工作。

# 3

玛丽正在赶着完成她和嫂子共同承担的家庭杂务,突然说有些头痛,就回自己房间了。嫂子有些生气。她们都很年轻(相差不到一岁),都已习惯了每天做完家务就坐下来,开始东家长西家短地闲聊,直到有一天玛丽的妈妈阻止了这两个年轻女子的饶舌。"她担心我会告诉你婚后的秘密!"嫂子过去总会低声咯咯地笑着说。玛丽则在那里咬着唇笑。

实际上，玛丽早就知道了一些秘密，尤其是在她正式订婚的前一天。接下来的几周里，她听说了更多的事情。当她全神贯注地听着嫂子寥寥的言语时，她的眼中闪着好奇的光彩。嫂子以一种刻意小心地、礼貌地慢慢透露——她却渴望一连串的迸发，就像她在沙漠中迷了路。

最近让嫂子十分惊讶的是，随着玛丽的婚期越来越近，嫂子变得越来越敞开心扉，可是玛丽这个年轻的女人却不再向嫂子打听那些私密的问题。

嫂子不以为忤。对于精神失常的一家人，你能期待什么呢？不同成员居然信奉不同的宗教。

结婚之前，着实让嫂子吃了一惊的是，她发现自己未来丈夫的家人，像很多阿尔巴尼亚籍的家庭一样，几代以来一直坚持着包容家庭成员之间的不同，这种不同就是指不同的信仰。她的公公，艾利克斯·尤拉，是一个基督教徒，但是他的一个儿子，已经参加海军的那个，从小到大都是一个穆斯林；而其他的成员，她未来的丈夫，一直是一个基督教徒。如果有两个女儿，也许她的公公会以同样的方式对待她们，可是玛丽是他唯一的女儿，他便尝试让玛丽一人信奉两种宗教。因为无法做到同时让女儿信奉两种宗教(虽然这种事情也不是没有听说过)，他就给玛丽起了两个名字，每一个都源自不同的宗教。所以，在家里人和最亲密的朋友眼里,她就叫玛丽,而对于其他人来说,包括她的未婚夫,她名叫米瑞艾玛。

当时,嫂子未来的丈夫曾经试图向她解释这种一人两名的原因,这关系到他们遥远的家乡——阿尔巴尼亚的历史和命运,但是对于他那复杂的解释,她并没有真正地理解多少。在他看来,他们这两个同姓艾利克斯的兄弟信奉两种不同的宗教没有什么大惊小怪的,他们的祖先和父辈经常这样。

在几个星期的时间里,展开了与她订婚有关的初步讨论。让嫂子感到惊讶的是,自己的家人如此坚定地要与这么奇怪的一家结成姻亲,但她不久就知道了事情的真相。她要嫁入的这一家与显赫的库珀律鲁宗族有亲戚关系(虽然是远亲,但还是有关系)。尤拉这个名字在一定程度上,取自之前库普锐里斯教派的一位教父之名——这个教派,由于国家的原因,由阿尔巴尼亚人转变成了土耳其的库珀律鲁一系。

实际上,自她结婚以来,她从来没有见过这个显赫家族中的任何人,除了一个脸色苍白的侄子,大约十一二岁,大约在一年前和母亲一起来登门拜访过。那孩子名叫马珂·埃利姆。他不爱说话,她的公公急着要给他解释自家名字的起源,之前还为他画了一座三拱桥的草图——这座桥就位于阿尔巴尼亚中部的某个地方,曾经有人牺牲在那里,就在那遥远而模糊的过去——可那孩子只是固执地摇头,还低声抱怨着:"我不想听到那些可怕的故事。"

真是疯狂的一家!现在,这个年轻的女人又想了一下,这时她的眼睛游离在楼梯间,玛丽就是走过这些楼梯回到自己房间的。她一个人一连几天到底在那儿做什么呢?

嫂子没有暗中窥视别人的习惯,但是在一阵短短的内心挣扎之后,她的好奇心战胜了顾虑,她踮起脚尖,悄悄地溜到了楼梯顶部。刚到那里,她就深深地吸了口气,向四周打探了一番,以确认没有别的什么人,然后她蹲下身去,透过玛丽卧室门上的钥匙孔,想看看她到底在里面做什么。

她最终设法看到的一切让她一下子呆住了。玛丽正一丝不挂地站在梳妆镜前,将一条蕾丝花边的丝绸裤子不停地穿上又脱下。

天呀,怎么会那样?这个年轻的已婚女人感到疑惑,无法将视线从玛丽身上移开。玛丽此时正将自己大理石般雪白的身体摆成一个又一个富有曲线的姿势。有那么一刻,她将腿叉开,显露出黑黑的三角区,然后才重新掩上丝绸裤。

不,她想,她的嘴部开始发干,谁知道怎么回事。一个女人是不会做出那样的动作的,除非她已经体验了性爱。但可能已经那样了吗?

很明显，这个年轻的已婚女人一定已经将地板弄出吱吱的响声，因为玛丽猛然转过身来，还用手一下捂住了胸部。但她很快放松了下来，可能是因为发现门已经从里面闩上了的缘故。

嫂子慢慢地退了回来，轻轻地走下楼梯，就像她上去时那么安静。他们一定已经睡在一起了，她想。这是唯一能解释玛丽最近越来越不那么好奇的原因。

她忍不住又去想那个雪白光滑的身体。富有曲线的臀部慢慢摇摆的动作困扰着她，她在心里又一次对自己说道：一定是，一定是那样的。没有别的解释了。

## 4

她猜对了。两周前，玛丽和她的未婚夫之间突然发生了一些事情，在她看来，这事应该直到婚礼那天的晚上才能发生。

那家人的确很像其他那些来自巴尔干半岛的人，他们要相对开放，至少比首都这些信奉伊斯兰教的人要开放一些。但是不管他们的行为多么随便，也不管他们的家长多么古怪，她家里人都不会想到玛丽居然和未婚夫单独在卧室里相处。他们想象不到，她可能早早就失去了贞操。

事情发生的那天不是一个平凡的日子。新敕令把家里的每个人都卷进了漩涡之中,附近的广场传来了咚咚的鼓声,接着就是镇上公告传达人的声音,在宣读帝国敕令中的内容。玛丽一直盯着父亲的脸,那早已铁青的脸。

玛丽静静地走到他身边,习惯性地将手轻轻放到他的肩上,轻声问道:"亲爱的爸爸,什么事情让您这么着急?我们家没有那种东西,对吗?"

爸爸晃晃肩膀,就好像要摆脱一身的疲惫。

"没有,当然没有……我的孩子,什么也没有。"

她一脸疑惑地看着父亲,像是用沉默的方式重复着同样的问题。他假装没有注意到,虽然他有可能是由于恍惚没有留意到女儿的眼神。

"另外,库珀律鲁宗族是我们的远房表亲,对吗?"

"什么呀?"父亲几乎是在喊,"远房表亲?是,的确是,但是这种局势,即便如此又有什么用呢?"

他眯着眼睛,越来越紧,同时他几乎是用耳语的声音说道:"这种形势下,最好是什么表亲都没有!"

就在这时,外面响起了敲门声。进来的是西荷莱玎,玛丽的未婚夫。他的举止不像其他人,仍是那么沉静,以至于艾利克斯看他的眼神那么严厉,像是在说:"你从月球来吗?你到现在还没听说敕令的事情吗?"

很快,甚至还没来得及把桌子摆好,他们就想弄明白西荷莱玎为什么那样平静,或者更像是一种克制的喜悦。(他倒不是欢欣鼓舞的样子,但是与他们自己那种吓得快要发抖的样子相比,他的这种平静倒像是一种喜悦)。不久,他们就明白了这位未来女婿有此心境的原因。他不但完全知晓敕令的内容,甚至知道得比他们还要多,原因就是,两天前,他被老板召去,得知自己被任命为中央委员会成员,任务就是负责敕令的执行情况。

西荷莱玎的话一下子改变了家里的气氛。一种放松的感觉,随之还有对这位未来女婿的钦佩,因为他居然被委以这么高要求的任务。但那还不是主要的。这种情绪最主要还是因为考虑到——即使目前还有些模糊——他们如今也有自己人在堡垒中,在这个机器最核心的部位,就在恶魔的巢穴里,就是说恶魔可能不知不觉间就会被引到别的地方去。

不仅从玛丽的眼睛中流露出明显的钦佩之情,还有玛丽的妈妈,她的嫂子,甚至她的哥哥,他们,谁知道为什么,直到那时还对妹妹的未婚夫很冷淡呢。

能引起一种全新的气氛,西荷莱玎很高兴,他感到有些放松,人也开始活跃起来。一波不可阻挡的幽默、欢快弥漫在餐桌上。远处传令员咚咚的鼓声现在听起来就像是从另一个星球传来的一样。

只有艾利克斯的脸上还时不时地显出丝丝忧郁,好像还因为阵阵的阴沉变得明显起来。他盯着西荷莱玎,似乎想弄明白在他的身上会发生什么,在他的皮肤下面,深入到骨髓。并且就在他用那样的眼神看着他时,还把手放在了西荷莱玎的胳膊上,对他说:"希望你到了那里还能保持干净……"

"什么?"西荷莱玎问了一声,不知不觉地把手抽开,"您想说什么?"

他的脸一下子变得冰冷又警觉起来。

"没事,没事,"艾利克斯笑着说,拍了拍年轻人的肩膀,"没什么,孩子。也许咱们应该改天再聊聊这事。"

艾利克斯显然因为刚才所说的话感到十分后悔,饭桌上的其他人都看得出他在尽力地弥补自己刚才的唐突。房间里又恢复了欢乐的氛围,也许那主要是因为,在这样喜庆的时刻,人们都没有去注意玛丽和她的未婚夫,他们没有到外面的阳台上,在那里他们可以悄悄地单独说说情话,相反他们两个偷偷地上了楼,径直去了女孩的卧室。

真的是在场的那些人没有注意到,还是他们只是假装没有看到呢?谁知道呢?也许妈妈和嫂子的确是没有看到,因为她们在忙着收拾桌子。哥哥,一个几乎不能站起来的人,早已经回自己卧室了。至于父亲……他也许也没有注意到他们那么做,除非——当然这是貌似最为合理的假设,在那么多天的焦虑之后,尤其是,他不想因为刚刚在餐桌上发生的事情受到训斥——除非他睁只眼闭只眼,假装没有看见。不管怎样,他们六周后不就结成夫妇了吗?

镇上传令员的鼓声还在远处咚咚地响着,让人觉得这是所有人生活中即将出现起落的一种新警示……在这种嘈杂的背景中,面对未婚夫的亲吻,玛丽并没有抵抗,她任由他脱掉了自己的衣服占有了自己,就像上帝和主人占据了她那颗跳动的心。一切都发生得悄无声息,忽然间有那么一阵短暂的疼痛,很快一种炽热的快感占了上风,它们依次地接替着彼此。可是并不像嫂子说的那样,她不觉得这种痛是难以忍受的。反而那种快乐对她来说是无穷无尽的。

一周之后,又发生了这样的事(他们已经约好,到时候他会在没人注意的时候来,正好她的父母要去参加一场葬礼),一点疼痛都没有,那种快乐简直到了言语无法描述的程度。

就这样,玛丽开始相信她已经不需要再去向嫂子打听那些婚后生活的秘密了。她热切焦急地等待着未婚夫的到来,可是上周他只来了两次(那份中央委员会的差事占去了他所有的时间),他们都没有机会单独待一会儿。所以她盼望着周日的到来,那时他会照例来家里吃午饭，她直觉感到那样的奇迹会再次发生。她和嫂子忙了一上午的家务，虽然后者希望她们能找个角落坐下来聊上那么几句，玛丽却想立刻躲到自己的屋子里，让自己为即将到来的欢愉做好准备，她推说自己有点头痛就独自上楼了。

她上上下下地走了一会儿，然后站在那里，看着未婚夫会从那里走上来的过道，她的目光一下子落在那个装着她结婚嫁妆的箱子上。在箱子里有几十件衣服，被单枕套，还有绣品，都是攒了好几年的东西，它们当中有十几件丝绸的内衣，像烟一样缥缈地放在密封的玻璃器皿中……哦，老天，她之前怎么没有想到给他那样的一个惊喜呢？

她曾见过嫂子将内衣放在炉子上烤干，让她懵懵地有种难为情，她的眼睛流露出忧郁的神情。那是她第一次发现婚后生活中一些秘密的蛛丝马迹。这种轻薄纤柔的贴身内裤——亲密地见证性爱的过程以及两个身体最炽烈的拥抱——让她感到神秘极了。它们是那么让人想入非非，相比之下，自己的那些内衣冷冰冰的毫无生气，都整齐地叠放在箱底，像是被埋在坟墓中一样，还在等着能够复活……

她慢慢地走到箱子旁，把它打开，望着里面的东西，然后开始翻着一件件工整摆放着的全新的衣服。它们圣洁冰冷地摆在那里……是的，她打算把这些薄如蝉翼的内衣都挨个试一遍，她还要为它们洗礼，让它们变得神圣，在它们身上倾注爱情的温暖、气息、渍迹、汁液、呻吟。

她迅速脱光衣服，兴奋得脸都有些泛红，开始在镜子前试了起来。她想为那天找出一件最好的。天蓝色的这件？不，纯白的那件更好。她大腿部分有些宽，当她做出一个稍微有点难为情的动作时，外阴那里露了出来。玛丽两腿微微叉开着坐在镜子前的花毯上。丝绸下面的阴唇若隐若现，炽热的欲望让她咽着口水。她的脑海中时断时续地涌入各种想法。那就和进入她身体一样……那里的走廊一定漂亮。她愿意用杏花蕾丝来装点它，就如人们用开花的盆栽装饰家中的门槛一样……难道嫂子没有告诉她，之前听人说起女人的性器就像她们的脸蛋一样，是因人而异的吗？玛丽相信，自己的很美丽，如果不是，他干吗忍不住总要盯着那里看呢？

她站起身，脱掉一件又换上了另一件内裤，这时她听见门口嘎吱一声。她吓得一回头，却发现门还闩得严严的，立刻平静了下来。

她把大多数的内衣都试了一遍，最后还是回到了那件纯白色的。她穿上它，套上长裙，然后坐在蓬乱的沙发毯子上，陷入了沉思。她每动一下，丝绸都柔软地发出沙沙的声音，让她感觉到自己的存在。

她的确在尽力摆脱那个一直在脑海中念念不忘的想法，可她意识到自己做不到。从那时起，她就一直在想，如果她不能想办法让未婚夫在午饭后与自己一同上楼，就快忍受不住这种折磨了。

## 5

周日的午餐通常安排在家里最大的房间，摆在那张椭圆形的大餐桌上。西荷莱玎到的时候已经是十二点过几分了，他穿着一身西式的套装——这款式是最近首都很多年轻人都追捧的。

每个人都就座后，艾利克斯·尤拉打听了一句："最近怎么样？"

女婿的脸上带着不可思议的微笑。

"好……真的挺好。"

他们东一句西一句地聊着。过了很久，他们才开始说起那件让他们等了整整一周早已不耐烦的事情，就是敕令的事情。

"你们收到很多揭发信吗？"艾利克斯的儿子尤恩问了一句。

尤恩和他的妹妹一样,皮肤白皙,只有生气的时候头发的颜色才会变深。

西荷莱玎摊开手心做出解释的姿势。

"怎么说呢……是的,不少。"

"怎么能够确定某某人是否真的长着带有魔力的眼睛呢?"

西荷莱玎笑了笑。"我们尽量,总有这样或那样的方法。"

"不过得承认,即便能的话,我觉得那也会非常困难。"

"那得看情况,"他的这位妹夫说,"比如……"

"比如,"尤恩插了一句,"有的人,完全是因为个人的一些原因,可能会觉得别人的眼睛邪恶,而其他人却并不这么认为。那么这种情况你们怎么处理呢?"

西荷莱玎仍然面带微笑地听着大舅哥说话,但是他那半皱着的眉看起来马上就要从脸上脱落下来了,就像一个面具。

"你说得对,"他说道,"可是,处理这种偶然事件的时候,中央委员会及其所有的附属分支机构都会遵照内部通知上的指示,上面明确解释了能被定为邪恶之眼的所有特征。和很多人所说的不同,外表不是唯一被定罪的标准。"

他大笑了几声然后继续说:"就拿我自己来说,长着浅色的眼睛。按照一些人的说法,我就应该是一个嫌疑犯,那我根本不敢在中央委员会的门口出现,更不可能在里面还有个职位!"

餐桌旁的人都点了点头。自从敕令颁布的那天起，每个人都在直接或间接地审视自己周围认识的人，尤其是他们眼睛的特点，如今，吃着东西的他们毫无必要抬起头去确认他们女婿那双浅色的有灰色斑点的眼睛，那不仅让它们显得更有魅力，也让他的目光中带着坚定、冷峻和男子汉的气概。

"不，外表不是唯一的标准。这样的细节还得和别人的比较一下……抱歉，我知道，我这是在自家人的餐桌旁，但是在工作中，我们的确有些秘密，是绝对不能说的……总之，我能说的，只是在还没有宣布一个人有没有邪恶之眼的时候，我们得特别仔细地研究、核查案子的每一处细节，并且如果有必要的话，我们甚至还会悄悄地监视嫌疑人一段时间。"

"悄悄监视？那，那，那可是头一次听说。"大舅哥说道。

"真的？"艾利克斯的妻子突然问了一句。

西荷莱玎点了点头。

尤恩继续说道："还是那样，我不相信真有那么一个可靠的法子，或者大概是一个科学的方法，来确定是不是患上了眼睛的恶疾。"

西荷莱玎什么也没说。突然有种让人尴尬的沉默，刀叉碰到骨瓷发出的叮当声让沉默更加凝重。艾利克斯·尤拉向儿子望了一眼，示意他不要再说了，可是没有什么用。

"我觉得,敕令真正的威力恰恰在这儿。"尤恩又来了一句。

"究竟在哪儿?"妹夫问了一句。

尤恩没有马上回答。也许是不想碰到父亲的目光,他抬头向外望去,从低头吃饭的客人的头部,望着法式窗户外面的阳台。

"毫无疑问的是,敕令已经让我们这些百姓受到了巨大的震动,它给人们的困扰要远远超过我们国家曾经颁布的任何一项法令,"最后他说道,"话说回来,它这种可怕的力量正是因为它本身的模糊性。致盲敕令让我们每个人连邻居都怀疑。人人惶恐,大家都觉得自己多多少少是有罪的。敕令的威力恰恰源自它所带来的弥漫四处的焦虑感。"

"在我看来,任何一种重要法令的威力都主要源自它本身透出的正义感,"西荷莱玎说,听起来没有半点恼怒的样子,相反,还带着安抚的口吻。

交谈结束的时候,每个人都松了口气,感觉轻松了许多。

"是不是真的有匿名信被寄到你们那里,嫌疑人甚至包括大维齐尔[1]木塔哈·帕斯哈?"这时尤恩的妻子插了一句,也许只是想换个话题谈论。

---

1 伊斯兰国家历史上对宫廷大臣或宰相的称谓。——编者注

西荷莱玎耸了耸肩。"我不清楚,"他回答道,"也许只是谣传。"

"去年也有那样的谣传,是关于巴斯伊维齐尔的,"尤恩说道,"开始人们还只是把它当作谣传,可是后来竟成了真的,那位大维齐尔最后用绳子将自己吊死了。"

"这样的事情总会发生。"艾利克斯·尤拉断言,决心确保这次说话既不轻率也不显得欠缺思考。

一直以来,他并不是很喜欢刻板地遵章守纪,对于那些主张不让女人参加谈话的人,他总会嗤之以鼻;大多数情况下,他不会掩饰内心那种对于狂热地迷信亚洲习俗的愤怒;即使这样,他也是有限度的。尤恩的挑衅已经惹起了事端,而他妻子现在正在向他们未来的女婿找茬吵架!

西荷莱玎的回答严肃起来,要不是感觉到了玛丽一阵阵地向他投来那让人宽慰的眼神,他的脸上也许早就显出怒色了。

艾利克斯注意到了女儿眼中流露出的欲望。与刚刚订婚时相比,它们闪烁着不同,那时候她还没有那么想掩饰自己对未婚夫的迷恋。她的眼神在接下来的那段时间也不一样了,那时候她的眼神中,可以说有那么点迟钝。可是现在,全都变了。有些东西是那么变幻莫测,敏感,脆弱,哪个都是艾利克斯不愿触碰到的,唯恐导致父女间痛苦的隔阂。

两周前，就在现在这个时间，也是午饭后，他感觉自己听到他们两个一起上楼去了，去了女儿的房间。有那么一刻他很震动，但是很快就装作若无其事，看起来就像一个明明撞鬼的人却假装没有看见……婚期已经不远了，让他们结婚，对他来说越看越像个好主意。一有什么担心的时候，他就特别希望能和最亲近的家人一起围坐在壁炉边，就在自己的屋子里，不必担心屋外狂风恼人的呼号。关键的是，女婿的新职位可以让他们了解到神秘中心的一些有价值的消息，在这种时候，人人都越来越好奇，不管说什么都是非常危险的……儿子和他那个浮躁的妻子怎么也意识不到这个优势；他们只会惹客人生气。可是他，艾利克斯，打算让这个散漫的餐桌重新变得有条理。他打算现在就开始行动，应该由他一个人掌控这场谈话。

"敕令很快就执行了吗？"

他简直不敢相信自己的耳朵。他怎么说了这么一句？他一直盘算着要说点完全不同的东西，想将话题引到一些无关紧要的趣事上，将目前的气氛一扫而光，可现在他自己的嘴巴居然不听使唤说出另一番话来，完全和自己想的不一样。真是老了，他心想。自己的舌头都控制不了。还不如一个女人！

"执行？"西荷莱玎重复了一句，"是的，我想用不了多久了。可能会更快，"他停了一下，又补了一句。"可能这周就开始了。"

"是吗?"两三个声音一齐问道。

"是不是选出来的人也会区别对待呀?比如说除掉眼睛的方法都不同呀?"尤恩的妻子问,"很明显会有所不同,取决于他是不是上层社会的人。"

"也只能如此,和其他事情都一样。"

"我听人说,有的法子是将眼睛突然暴露在阳光下让人瞎掉。这种事我还是第一次听说。一定是种新法子,对吗?"

艾利克斯正要插进一句,可让他惊讶的是,他那位未来的女婿突然大笑起来。

"不,这种法子根本不是新的。相反,可能是所有方法之中最古老的一个!"

他开始说到空旷的海滩和村庄以及华丽的海边旅店,在那里,判了刑的人被静静地拉到外面,好好享用一下他们最后几天见到光明的日子。某天早上,当天空比往日都要晴朗的时候,他们会被安排到座位上,几分钟之后……

"不能否认,做得非常干净利落,"尤恩说,"不见血,没有烙铁,没有野蛮的设备……"

"哎呀,我觉得这是最残忍的做法了,"尤恩的妻子说道,"沉浸在海天的光影之中,然后突然之间就两个都看不见了!"

"你愿意选择那些相反的法子,被蒙上眼睛然后被关在小隔间里待上三个月?"尤恩问了一句。

"我觉得那样总归还是少些痛苦,"她回答道,"那样你还有时间慢慢适应黑暗的状态。"

"我可不觉得!"尤恩抗议道,"那一定是最可怕的折磨了。那感觉就像所有的想法一下子涌入你的脑袋,然后再让它突然裂开。"

"看在老天的分上,你们能不能不在这里胡说八道了!"家里的女主人突然来了一句,"你们能不能说点开心的事情?"

她把蛋糕托盘放在了桌子中央,做了个手势示意大家随便吃。

"人们说什么的都有,"尤恩忧郁地说,"有些人说,邪恶之眼的整件事情其实都是胡扯,甚至那些编造故事的人自己都不相信。"

"那是什么意思?年轻人?你确定你这样很聪明吗?"艾利克斯打断了他的话。

"我没那么说,爸爸,"尤恩回答道,"这也只是我听别人说的。他们认为,整件事情不过就是一场精心设计的骗局,只不过是让人们不再去想我们目前的经济困境。"

"够了!"艾利克斯没让他继续说下去,"我不许你说这些事情!"

"可是,爸爸,我没有说,那只是……"

"你去听这些议论本身就是有罪的!"艾利克斯吼道,因为愤怒,他的声音颤抖着。

此时,西荷莱玎就那么无动于衷地听着。

# 6


周五的早上天还没亮,街上传令员的鼓就敲了起来,这次,是通知致盲赦令马上开始实施了。

紧闭的百叶窗或是钉着木栏的窗户里面,人们的头发还没来得及梳理,眼睛还因为突然从梦中惊醒而肿胀着,所有的人都紧张起来,想听清楚传令员在喊什么。他说什么?他说什么?人们小声地交头接耳。都别说话让我听听!我觉得他好像在读我们的名字,很多名字……

直到第二天,花名册上第一批主动认罪之人的名单才全部揭晓。就在头号标题的下面,刊登着帝国赦令开始的通告,报纸列出了愿意向帝国办事处自首的人员的姓氏,一起列出的还有现金奖励的具体情况,此外还有每年发放给这些人的薪金。

有几家报纸还刊登了阿卜希拉姆的几句话,他是首都的王室公职人员。他声称:"我很高兴献出自己的眼睛。除了因自己能为国家略尽绵薄之力而备感欣慰,我还十分感激帝国敕令让我免受良心上的折磨,不然我的眼睛会给我带来更多的不幸。"

除了最初那些主动认罪人员的名单,报纸上几乎没有提到全部涉事人员的数目,他们的去向,还有他们是如何除眼的(接下来的日子里,这个新词汇在报纸上完全取代了致盲这个词)。

有人说,受刑的人有几百人,也有人声称数目多达几千人,并且很多人都这么认为。

与此同时,努力地为这次运动披上欢乐的外衣,继续搜罗邪恶之眼,这一切还在公开或秘密地进行着。那些曾经躲过公众监督的人也开始被人告发。那些事迹败露躲起来的人也渐渐被挖了出来。一些人听到风声以为自己被人告发,先是躲了起来,但是由于担惊受怕,惶惶不可终日,最后发了狂。他们的举止引起了人们的怀疑,导致其不久也毁灭了。

接下来的周二,镇上的传令官又出现了,召集长着邪恶之眼的人直接去最近的帝国办事处汇报罪行,因为这样他们还能占有主动权。"先知说了,天生长着邪恶之眼的人是没有罪的!"

报纸的专栏作家开始撰写一些与眼疾事件有关的故事。一个叫赛里木的人在灌木丛里被人当场捉住,当时他正用他那双邪恶之眼盯着一座还在建造中的桥,并且打算弄塌桥拱。砌砖的工人招呼路人一起帮着对付他。他们用链子把他锁了起来，并且当场把他的眼睛弄瞎了。报纸中没有提到用的是哪种方法，但是据猜测，是之前被列为最残酷的三种方法中的一个，当然，除非砌砖工人自己能想出其他不同的甚至更残忍的方式。

报纸上时不时地刊登一些与敕令有关的故事，但是在帝国办事处却从来没有停止过。传达消息的志愿者来来去去，他们带着告示、新指令、指示，有时还没等到达目的地，他们就又出发了。他们面带喜色，也有的神情肃穆，以显示对自己职责的充分尊重。

现在，对邪恶之眼的搜寻达到了高峰。帝国办事处会为了业绩而相互竞争。当事情进展得不顺利时，在这些办事处里，阴着脸的工作人员会在油灯下苦干到深夜。他们会突然惊慌地发现，与自己同住一个街区或是同一条街道上的人被定为长着邪恶之眼的人。这些人也许一直以来就有那样的眼睛，但直到此时才被注意到。

帝国办事处的灯有时候会开到很晚，那些住在附近的人直到灯全部熄灭了才能入睡，他们小声地咕哝着：他们这么晚了到底要干什么？他们又要给什么人带来不幸？老天这是要把他们变成一群冷酷无情胡言乱语的疯子！

与此同时，对于那些背后诋毁帝国敕令的人，也开始不断地采取威胁手段——这并没有阻止人们变本加厉地咒骂。人们咒骂它，它的名字被怎么改的都有，有叫它黑暗法令的，有叫它邪恶刑法的，还有称它为灾难敕令的。同样有关它的流言蜚语也开始四处散播。一切试图阻止流言的努力只是让它传得更沸沸扬扬。它们一天天地变得越来越怪诞，有的甚至让你毛骨悚然。比如最近，关于大维齐尔的流言正到处散播着。据说有人怀疑他患上了邪恶之眼，虽然他是当今君主的得力助手。有人在匿名信中大胆地说出了他的名字。人们不禁要去议论那则消息，一种提心吊胆的议论，这种惧怕是一种特别的感受，它融进了恐惧、好奇，还有某种安慰和满足。竟然轮到你了！高高在上的人居然也会像普通百姓一般陷入困境！但是普通百姓怎么能去质问大维齐尔本人呢？……你们惊讶什么？就好像这种事情是第一次发生似的……你知道，很多呢！据说这次邪恶之眼事件让所有人都异口同声地指向一个目标，就是除掉大维齐尔！抱歉，可是你刚才说的话有点不合逻辑：如果那真的是君主想要看到的，如果他原来就打算要击垮大维齐尔，这世上还有谁能阻止他呢？没有犯下什么过错的大维齐尔们，晚上睡觉的时候，脑袋还在肩膀上，到了早晨，就被砍掉了……当然，当然，以前很多事情经常这样，可是时代都变了呀。现在他们不再仅仅使用刀子来解决国家的事务，还需要技巧。此外，你可能忘了，大维齐尔被任命为库珀律鲁宗族的坚强后盾。我猜你应该清楚，你是不能拿那群人开玩笑的。想把他们中的一个打倒，你得小心谋划，不论是在国内还是国外。你知道，因为在海外，人们也会谈论这件事情……

的确是谣言四起。不仅这种流言被认为是应该受到惩罚的。当局还试图铲除另外一些被认为有害的东西，比如不合时宜的俏皮话、讽刺性的评论以及一些不实的传闻，还有那些数不清的双关语或谜语。

周六的下午，著名诗人塔森·库特欧格鲁被镇中心的一个帝国办事处传唤。在一大群人面前，办事人员首先向他解释，作为一名伟大的诗人，他被传唤到帝国办事处而不是法院，这本身对他就是一种关照，接下来，他得将几周前出版的诗集之中的几行文字解释一下，此外，有人说他在朋友圈里经常对当局指指点点，他也得对此做出解释。

说到他的诗（此次事件主要是围绕其中的这句："我们是被弓击中而非箭"），作者为自己奋力辩解，坚持说那只是一首写给女人的普通情诗，那优雅的女子长着美丽的眉毛，实际上，他已经说得很清楚，在他的诗歌中，那女子的眉毛（弓）要比她的眼神（箭）还要摄人心魄，这与破坏神圣的致盲敕令绝对没有半点的关系。

那些听他解释的人却表现出了明显的怀疑，然后又翻出了

他诗歌中使用的一些双关语,对此,他声称从未使用过。然后人群中有个人从手提箱中取出一页纸,拿到他的面前开始大声朗读起来:

"这个月的七号,在和朋友会餐时,你提到我们伟大的致盲敕令只会让这个世界更加黑暗。在十二号那天,你在咖啡馆声称,在黑暗和光明之间有一个平衡,它介于可视和不可视之间,并且现在这种平衡已经被打破,这对于光明和可视的那一边是十分不利的。你还提出——这可能是最可耻的——这个地球上所有人类的眼睛加起来大约有一百亿之多,它们构成了你所说的整个人类之眼,如果有大量的人变成盲人,人类之眼就会变得晦暗,尤其是——现在你们都给我听着!——尤其是那些盲人是所有人中最有见识的!"

帝国办事处的办公人员每读完一句,塔森·库特欧格鲁都摇摇头,当指控者说完之后,他宣称:"那些不过是我的对头污蔑和捏造出来的不实之言!"

这番话丝毫没有让越聚越多的人群平静下来,反而一下子嘈杂了许多。人们七嘴八舌地议论纷纷,事情更加复杂了。甚至听到有人在喊:"你们已经让他解释完了,现在让他受到应有的惩罚!"其他人附和着,这时有个办公人员示意人们停止喊叫,他简单地陈述了国家的仁慈,这对他来说只是在责难库特欧格鲁罢了。"但是重要的是,"他说着,在诗人眼前晃了晃手指,"这是给你的最后一次警告了!"

在场的每个人都很清楚,这次诬告信和公开谴责的风波闹得有点过了。一看到厢式邮政车走过街道,人们就会停下来惊恐地盯着看,就好像他们知道里面装的至少一半信件都是这种信。

那是一个阴沉沉的日子,玛丽关上了身后卧室的门,走到窗子前,看着未婚夫走出了街道。他刚刚看起来好像变了一个人,与平日相比格外严肃。吃午饭的时候,虽然她爸爸竭力地活跃气氛,谈话还是没什么进展。

那是因为他,现在她都明白了!她看着他慢悠悠地走在街道上,直到消失在边道两旁的树荫中,突然有了一样的想法:他一定是在担心什么事情。

她脑海中闪出了一连串可能的原因。加班的疲惫,办事处里的阴谋,良心上的折磨……但是最后,她开始琢磨这是不是都是自己瞎想出来的。谁没有经历过早上起来就心情不好的时候,当别人再说上一句"你今天看起来脸色不怎么好"时也许还会变得更糟。肯定是那样。一定的。

只穿了一半的衣服,她就走到镜子前看着里面的自己,开始是一个膝盖弯下去,然后另一个也弯了下去。在她右侧大腿的上部,她看到了两块浅蓝色的瘀伤,那是上个周日下午留下的痕迹,虽然隔了两三天后看起来已经不那么明显了……她对着自己光滑的腹部看了一会儿,还有下面那一簇黑色掩盖的胯部,接着她两腿半交叉着坐在了地毯上,开始研究起自己的私处。

"现在真安静,"她想,"就像什么也不曾发生过。"

她不能将视线移开,就那么看着两片粉红间稍稍弯曲的曲线。它们就像两片从不说话的唇……可是,就在几分钟之前,它们两个却几乎发疯了似的说个没完,不停地滴着口水……

"真是难以相信。"她在心里默默地想。这一刻她突然感觉,女人的私处一定是这世界上最让人费解、最神秘的地方。那两片沉默的唇永远都不会告诉任何人,它们的里面和周围曾经发生过什么。

突然一种感激之情涌上心头,她轻轻抚摸着自己的腹部、自己的私处,然后就是那两片唇。可是不久她就感到冷得有些哆嗦,便起身穿上几件衣服。

一定是那样,有什么事情让他担心,她一边夹起头发一边这样想着。

# 7

反眼疾的运动如今已到了高潮。它的势头一天比一天高,就像注满雨水的河流,不停地将无数人的性命卷进它那湍急的水流。

这么受到无休无止的追捕的,不仅仅是邪恶之眼。当局还花费了同样的精力来铲除那些宣扬或被认为包庇邪恶之眼的人,还有那些被认为反对敕令贯彻实施的人,以及那些长有邪恶之眼的人的远亲及仆人。另一些人受到指控是因为漠不关心,缺少热情,没有看清楚事物的眼力。有时候,后面这种情况的人可能会以同样的罪名反告一下他们的原告。

一场前所未有的混乱像飓风一般席卷着整个国家。人们现在公开谈论政治派系之间的报复行为和权力的纷争。也有人主张判决在这场风暴中不受半点影响的那些人——那些让敕令得以实施的公职人员。他们被称作"坏眼",这些人设法混入帝国办事处甚至中央委员会,并且一旦到了那里,就利用职位之便将混乱扩大。

"啊哈,"你会听见人们小声嘀咕,"那就是为什么我们觉得,有时候会让我们议论一下,这里面一定有蹊跷!是的,不容置疑的是，只有君主才是正确的。如果你尽心尽力地服侍他，你就会得到应得的奖赏；可是如果你走入歧途，你犯下过错，不管你曾经为他立下多少汗马功劳，都会像任何人一样受到惩罚。"

"说得对。有了他我们该有多幸运，愿安拉保佑他万寿无疆！要是没有他，生活不得成为蛇坑一般。你没听说昨天在萨瑞恩大殿前发生什么吗？"

这就是为什么尽管有这么多的混乱和灾难，最难以置信的事情还是会施行下去。时不时地，就像风口浪尖上的一根稻草，你只能瞥见大维齐尔谣言的某一个瞬间罢了。

# 8

想必房间里的每一个人都注意到他最近变得消瘦了，可只有她向他提起这件事情。他们两个走进卧室把门关上，看不到他们时，她对他说："你最近瘦了，为什么，是与你的工作有关吗？"

"是呀，我手头有太多的事情。"停了一下，他又重复了一下，"很多。"

"来,你很快就会把它们全都忘了……"

她现在已经没有了一点的矜持。她躺在床上,先用双臂环住了他,然后是修长的双腿,它们如此纯白,以至于闪着微微的光亮。她发出了微弱的沉沉的呻吟,只有在特定的时刻才会升为一声接近于呜咽的尖叫。

几分钟之后,他们都平静地躺了下来,他的眼睛望着她裸露的大腿上那浅蓝的印记,看起来就像官家的印章。她以为他会对此评论一番,但是令她惊讶的是,他所问的问题完全不同。

"你们有没有到库珀律鲁宗族那里让他们帮助一下?"

她晃了晃肩膀做出惊讶的姿势。"为什么?"

"嗯,没什么……我只是注意到,在你家里,你们几乎从不谈论他们。"

"是那样。他们的确与我们是表亲,但只是非常远的表亲。不管怎么说,我爸爸,他那有趣的性格……"

"我明白。"他说,眼睛还是盯着她的瘀伤那里。

她将手指抚过他的胸部。

"你看起来很担心。"她深情脉脉地说。

他将视线移开。

"不,我还好。"

"是不是工作上有什么让你为难的?"

他摇了摇头。"一点没有,我没有什么原因……相反。"

"相反是什么意思?"

"你不要再问那些让人烦恼的问题了!"

"那是你自己觉得!"她大声说,明显是生气了。她试着让他转过身来,可他抓住那条她打算用来盖住腹部的床单不放。

未婚夫眼中一种特别的几乎反常的光很快驱散了拌嘴的不快,她开始仔细地看着他的脸。他的眼睛盯着她的私处,好像是第一次看到一样。

"还有三周我们就结婚了,到了那时,我们就可以一直这么待上几个小时。"

"是……也许那时按规定还能准我放假。"

"真的?那太好了……咱们可以晚点起床,半夜都不睡觉……等半睡半醒的时候我们再做一次,肯定美妙极了,在半夜里,在黑暗中。"

他突然颤抖了一下,就像忽然从一场白日梦中醒过来一样。"在半夜里,在黑暗中!"他几乎喊了出来。

"嘘!小点声。你怎么啦?"

"在半夜里,在黑暗中……"他又说了一遍,这次声音低了很多。

她的手轻轻地抚过他的脸颊、他的额头。"一定有什么事让你感到痛苦,"她小声地说着,就像在对着一个睡梦中的人,"但是,别担心。总的说来,你所做的一切都是合法的。把懊恼都丢给那些煽动混乱的人吧……你在听我说话吗?他们是一群本该受到良心谴责的人……现在,来吧,我们再来一次,我亲爱的。"

## 9

最后,人们听说大维齐尔被枪决了。流言开始是说,他被从最高职位上换下来,就任一个稍不显赫的职位;后来人们说,他只是按要求辞职;最后,"按要求"又换成了"被告知"。所以,那并不是什么降级处分或是职位调动,不是因为执行国家法律懈怠而受到的免职,也与敕令无关。不,他只是被解除职位了,还被软禁在家,出于一些具体和未公开的原因,他受到了邪恶之眼的感染。

现在,大维齐尔的亲信和同事都深知他们的主子这次倒台凶多吉少。让人们感到惊讶的是苏丹,他那双鹰一样的眼睛总是明察秋毫,之前却没有注意到。

"可不是那么容易的，"有些人提出了反对意见，"我们现在都知道，交叉感染的眼睛并不总是邪恶的，只要它们不融入其他具体的特征。"

"哦，哦，"人们有些不信，"还不是你想怎么解释就怎么说。"

就在大维齐尔倒台后不久，之前关于他的流言又开始死灰复燃："我们之前没有告诉你吗？整个屠杀最主要的目的就是要清除大维齐尔。"

"唉，如果是真的，"有人回应道，"那么请告诉我们为什么，如今目的已经实现了，这场运动怎么还没有停下来呢？"

"为了弄清楚最初组织这件事的最隐蔽的原因。不管怎么说，就像恐怖机器总得花些时间才能启动，才能高速运转，刹车也需要一些时间才能让它停下来。"

同样，山体滑坡之后，怎么也得等上一会儿，那些尘土才能落定，所以说，这次震动还有它引发的所有骚乱，也需要一定的时间才能最终有个了结。一场清洗风波，每个人都猜想快要到结尾了，却最终席卷了整个国家。人们的脑海中只有一件事情：让这场势头越来越大的风波快点平息，因为原以为它快要结束了，没想到却最终成为最凶残的杀人利器。

## 10

他们正躺在一起。她一丝不挂,而他半裸着身体。就在几分钟前,他把真相告诉了她。她没有尖叫,没有啜泣,几乎就像一直期待着这次忏悔一样。她就那么听着他不得不说的一切,她的脸色与床单一样白。只有当她依偎着他时,他才感到她的眼泪已经滑落到他的脸上。他想,这可能就是酸水把我的眼睛灼掉后,沿着我的颊骨向下滴落的方式吧。如果他要求用欧洲的方式(就是说,用黑暗的方式)使自己致盲遭到拒绝(他还不敢要求用罗马-迦太基方式),那么他可能就会获准用这种方法。有更糟的方法,一个办事处同事之前告诫过他。

"所以当你告诉我你会在咱们结婚后请几天假的时候,你就已经知道了?"她问道。

"是。就是那天他们告诉我,我要被从办事处开除了。"

"噢……"她说,"可是你怎么能不告诉我呢?为什么你什么都不说呢?"

"我只是想在完全有必要的时候再告诉你。我现在还抱有一丝希望,因为他们告诉我,在核实控诉的情况期间,我得一直待在首都。可那渺茫的希望也正在消失……很明显对我的控告被坐实了。"

"可是为什么？为什么？"她一遍遍地问着，强忍着没有喊出来。

她看着他那双乌云一样的眼睛，似乎能从它们之中探出这件祸事的始末。

"你在问我为什么？"他微微地苦笑了一下，"我不觉得自己的眼睛比别人更有洞察力，我一样看不清也看不到那远之又远的地方，如果我能，那些残暴专权的人早就怀疑我了……"

老天啊！她心里默念着。一天晚上她的爸爸也说了同样的东西，简直一字不差。

"所以，我不把自己算作那种特别的、什么都能看到的人。但是有个很好的理由让我们的视力消失。每一个痕迹都得被毁掉。"

"那是什么？我听不懂。"

"再简单不过了。很多东西不得不消失，而我们是目击者。"

"我们是谁？"

"我们那些一直到昨晚还在致盲委员会工作的所有人。我们的眼睛看到了太多不该看到的事情……你明白吗？"

"你们不该看到的事情，"她用略微拖长的声音重复了一遍，"可怕的事情？"

"当然是。我们离那个大机器太近了,我们几乎能被它的钝齿和传送带擦到。"

"我可怜的亲爱的。"她叹着气,他又一次感觉到她的眼泪沿着他的脸颊流了下来,但是这次酸水伤害皮肤的想法就没那么强烈了,就像他的皮肤已经渐渐地不再敏感了一样。

"有时候,名单被拿到我们这里时,早已经得到上一级的许可,"他说,"调查也只是回顾一下而已。"

"多么卑鄙的手段!就是说,所有与所取得的成果相关的传言还不算离谱?"

他点了点头。

她更紧地依偎在他身上。"那别人呢?"过了一分钟她又问道,"在那里工作的所有人都得接受这样的命运吗?"

"也许不是。第一批要受到打击的人是那些被怀疑能说话的人。"

"能说话?"她重复了一句,"那和眼睛有什么关系?主要的条件竟然是嘴巴……"

"这次轮到嘴巴了。"他插了一句。过了一会儿他又补充道:"不管怎样,如果把眼睛弄掉不足以让一些人明白其中的原因……"

"天哪!"她叹了一声。

"无论如何,就算我们之中谁都不被怀疑,也必然得有人牺牲。"

她盯着他的样子,那笨拙的神情,就像一个人怎么也不明白别人刚才所说的话。

"那几乎就是这里面最主要的原因了,"他继续说着,"我们被判了刑,那么所发生的这些可怕的事情可以有一些被算在我们头上了。我说的话你能明白吗?每个人都想把自己的不幸算在我们头上,归咎于所谓的我们之过……"

接下来的沉默让两个人能听到彼此的呼吸声。

"他们刚一开始谈论委员会的失职时,"她说,"我就感觉心里一沉,但我之后努力不去想那些。"

"当那些流言蜚语刚刚开始时,我办事处的同事就说:'这次轮到我们了。'"

接下来又是一阵沉默,什么声音都没有,除了两个身体试图找到一个更加贴合的姿势时发出的沙沙声。

"那真的只是一个巧合吗?那天你为什么问我关于库珀律鲁宗族的事情呢?"

"不,一点都不是巧合。我知道你要说什么。我太清楚了,库珀律鲁宗族现在自己也有一堆烦心事呢。但是快要溺死的人为了把自己拉出水,连自己的头发都会拉的,如果能抓住的话！"

"现在我明白了，为什么我提到在黑暗中做爱，你就像高烧中的人一样，一遍遍地说：在半夜里，在黑暗中……"

"是啊。我已经开始觉得自己属于黑暗的世界了。"

她轻轻地抚摸着他，良久才说道："只要我还活着，你就属于这个世界，这个有光的世界。"

他眼中的灰影浸透着无尽的痛苦。

"你觉得一点希望都没有了吗？"她试探地问了一句，"就没有什么法子能为你辩护了吗？"

他摇了摇头。

"他们在哪里调查的？是哪里做出的决定？比如说你这个案子。"

"没有什么地方，什么可能都有。每天都有可能做出决定，只要那封诬告我的信进了……"

"当然……所有的痕迹都得擦去……"

她想了想，决定不再去问那些毫无意义的问题，就回来拥抱着他。对于她这种安慰的爱抚，他几乎没有什么反应。他的眼睛还是警觉地闪着让人毛骨悚然的光。他饥渴地看着她的胸脯，看着她大腿上蓝色的瘀痕，看着她的腹部，以及更低的地方，她的两腿大张着，他可以很容易地看到她的私处。

他这么看着我，就是想把它们完全地记在心里，她默默地想。

"我会伴着你在我心中的模样活下去。"他说，似乎他能读懂她心中所想。

"我会等着你，"她淡淡地说，"你明白吗？我会等你从那个地方回来……我活着只为了你。如果你不像我这样，不把我刻在你的记忆中，我想我会死的……我会像影子一样渐渐消失……我会万念俱灰……只有你记着我，我才会活下去。要是你刻意地想把我忘记，我真的会消失，就像用橡皮擦掉的一幅画……"

他什么也没有说，只是一直那么慢慢地轻抚着她的身体，几分钟前他死死地盯着的身体。她注意到，他闭着眼睛，任由自己的手在她身体上抚过。他在想象着当他看不见的时候，它会怎样爱抚我，她默默地想着。

她已经接近崩溃的边缘，马上就要放声大哭，像个疯女人一样喊叫，不仅是因为想到降临在自己身上的不幸，还有，最重要的是，出于某种原因她自己都不愿承认，但在她混沌的内心深处的确涌出了一种恐惧：担心她无法信守自己刚刚向西荷莱町做出的承诺。

"要是我也同时把眼睛除掉了呢？"她突然问道，就像突然发起高烧的人一样。"在一个明媚的早上,在阳台上,再容易不过了……那样的话,我们两个就属于同样的世界了……那样,即便我想离开你也做不到了……"

她说着说着泣不成声,他没弄懂她最后说了什么。

"别那么傻!"他温和地对她说,"就在刚才,你说的话还那么通情达理,现在怎么这样,像疯了一样?"

他们又拥抱在一起,他对她说:"我们可以像白天与黑夜一样地在一起。我就是你的夜晚,你就是我的白天……好不好?"

她早已泣不成声到无法回答。她努力地想忍住眼泪,却反而肝肠寸断地哽咽着,为了那无法弥补的损失号啕大哭。

## 11

从一切明显的迹象来看,这场风波正在渐渐平复下来。很明显,镇上的传令员已经不到广场那儿去了,这表明一切开始恢复正常了,每个人都相信这场灾难已经过去了。偶尔也会有人因它遭到打击,就像暴风雨快要结束时的最后一道闪电,但如今它只是在远处的天空划过,早已没了威力。

风波平息的最后几天正在慢慢向平常日子过渡,一切又回到了敕令颁布之前的样子。致盲办事处一个接着一个地被关闭了，对大多数人来说，它们如今看来就像不曾存在过一样。咖啡馆里又挤满了客人，他们的脸上洋溢着从致盲命运中逃脱的喜悦。那些可怕的字眼，如眼疾、帝国办事处、西藏式，很久之前第一次被人说起时，还似乎注定要将生活之路指向万劫之境，如今早已被搁置一边叫人遗忘了。

玛丽白皙的大腿上那两块瘀痕也渐渐消失了。她想，她自己的样子在她未婚夫的心里也是这样慢慢消退的吧。

谁知道他眼下在做什么，在某个黑暗的地牢里，手脚都被绑着。就像人们说的，他们把他那样绑起来，正如当初他们为了防止囚犯撕扯蒙住眼睛的布时，也曾同样地对待那些被判刑的人一样。

他们的一个熟人之前和他们说起过在地牢里的场景。白天，囚犯们一个挨着一个地半躺着，长长的几排。有的人在不停地祷告，有的潸然流泪，有的一言不发，有的大声地啜泣。有的人会一连几个小时在那里自言自语。也有公然反抗的，像着了魔一样地大喊大叫，咒骂那可恶的法令，最终还得平静下来请求宽恕，哀求得到怜悯，祈求安拉保佑君主万寿无疆。也有一些人虔诚地入定，期待致盲那天能早日到来，这样他们就可以得到解脱，用他们自己的话说，从此不再见这世俗之地。

有些人精神恍惚,进入一种癫狂的状态,滔滔不绝。这个世界,他们说,现在再也看不见了,却变得美丽得多,这根本算不上是在黑暗中煎熬,他们能感到自己的脑袋里满满的都是光。他们说,他们最后才明白,光不是通过眼睛才进入人的心里,相反,像前后倒置安装的水龙头一样,是里面的光在漏出,直到脑海枯竭为止。

那是其中的某个犯人说的,但是大多数犯人都一言不发,就像已经被吓哑了一样。只是偶尔,他们会莫名其妙地挥舞他们绑着的胳膊,似乎是在将他们那蒙着的眼睛前的蜘蛛网清理掉。

只有老天知道西荷莱玎此刻在做什么!他把她的样子完整地封存在记忆中了吗?或是那个身影早已变得模糊了呢?

玛丽本能地用手去触摸自己的脸颊和双唇,就好像她身影的慢慢消逝能给她的身体带来影响一样。然后她盯着自己的身体,那曾经瘀青的地方,如今几乎已经看不到半点痕迹了。一阵阴郁的思绪袭上她的心头,看来,所有的事物都是昙花一现。

她曾经告诉他自己会等他,可她知道那根本不是真的。她能肯定的是,在她的思绪中,她会在那儿等着他,她永远都不会将他忘记，可那根本不一样。没有他的第一个周日，全家人坐在桌边陷入了哀痛的沉默之中，他们都认为，现在他到了那个地方，那可是没有人能回来的地方，她也告诉自己：他们两个一切都结束了。

与他有关的最后一个消息是，他向上级请求用欧洲式来弄瞎双眼，最终被批准了。

"再想他已经没有用了，"爸爸劝她，"你还年轻，不能把后半生花在一个盲人身上。另外，你要明白，他的眼睛瞎了不是因为疾病造成的，也不是由于什么不可抗的力量，那是国家要他这样……"

她没有回答，直接回到了房间，默默地呜咽，哀伤自己再也不能与他见面了。

在她心里的深处，她感到莫大的欣喜，欣喜自己曾经完全地把自己交给了他。她也只能做到这些了。

冬天渐渐来临，也将带来痛苦的、无尽的黑夜，她感觉从此以后他真的成为她的夜晚、她心神不宁的睡眠、她永远的悔恨。

有时她想象着，一种熟悉的内疚感就弥漫在空气中，它随着冬日的第一阵风袭来，在窗玻璃那儿发出咯咯的声音，还有寻常生活中其他的声音。

## 12

　　初冬时节,那些瞎了眼的人突然成群地出现在边道上,出没于咖啡馆中。他们摸索着走路的样子使过往的行人停下来,不敢相信地看着他们。虽然人们之前因为害怕敕令而胆战心惊地生活了几个月,但看到它造成的后果在他们身上深深地扎下了根,这一幕还是让他们惊呆了。

　　曾经有段时间,人们以为那道臭名昭著的敕令的受害者已经被吞没在黑暗中,彻底尘封了起来,在大街上或是在广场上遇到的,也是一些之前就瞎了的人,他们一直以来都是这个样子,平静地用棍子敲这儿敲那儿——这种盲人,早已经在人们的眼中、耳中习惯了。但是现在,第一场寒风吹起,带来了数不清的盲人,那是一种无比凄惨的新盲人。

　　与传统上我们遇到的盲人不同,他们的身上有着特别的地方。他们那种大摇大摆让人不安,他们手中的棍子一下下地敲探着路上的鹅卵石,听起来让人毛骨悚然。

　　也有人说,他们还没有适应自己的新状况。瞎了眼睛对他们来说有些突然,并不像通常那样是一个逐渐的过程,所以他们还没有学会一些必要的应对能力……但是听到这些话的人,有一些却不以为然，他们明显不相信。只是因为那样吗？

最让人吃惊的是，他们是集体地再次出现。这也许不是一种巧合，也不可能是他们之间秘密串通的结果，这与目前那些持阴谋论的人散播的流言相反，他们总是在什么事中都能看出反政府的阴谋。事实其实很简单，他们恢复的过程已经结束了——一方面是从瞎了眼睛造成的身体伤害中恢复，另一方面是从身体伤害引发的心理痛苦中恢复。

他们中的一些人，尤其是那些通过贵族式方法被暴晒在日头下致盲的人，他们一副庄严沉重的样子，走进来坐在咖啡馆中、茶馆中。想来，他们很容易显得一派傲慢，不仅是因为他们能得到一笔现金奖励以及丰厚的赔偿，还因为他们即便眼睛什么都看不见，却没有外观上的损伤。而那些通过其他方式致盲的人，则是一副随心所欲的样子。他们邋邋遢遢，所穿的鞋子都是清一色的木底鞋，这让他们走过时发出的声音更为凄惨。

那些被暴力手段致盲的人并不是唯一看起来凄惨的。那些投靠帝国办事处的人，还有那些本应享有荣誉的人，现在也是破衣烂衫地拖着脚走在街上。同样，还有一群穿着考究的人——比以前穿得还要体面——他们也在那些被暴力致盲的人当中。他们在众目睽睽之下轻蔑地站着，像是要用他们那黑色的空洞眼窝来挑衅整个世界。

当看到这些裂着的伤口时，一些人开始不安，以至于他们自己也跌跌撞撞地走起路来，就像地面突然在他们的脚下裂开了一样。

他们为什么要以那个样子示人呢？人们想不明白。为什么没有人阻止他们来到这些主要的街道上，不让他们用那死人般的头部来吓唬人？

那些瞎了眼睛的人一点都不在意这样的议论。光是在茶馆或饭馆一连待上几个小时已经满足不了他们，邻桌的人大声地读着报纸上的消息时，他们也会过去听听，还会跟着一块儿谈论。幸运的是，公共事务现如今变得好多了，他们会说，这说明他们的确没有白白牺牲。我们却看不见了，真可惜！他们中有人会一遍遍地叹息。但是最后结果是这样，也没什么大不了。即便我们看不见了，还可以想象它的样子，并且我们还是和你们一样开心。

他们当中有的人一直沉默着，一身黑衣，像乌鸦一般，还有一些人学着以前那些盲人的样子，也弄来一个乐器陪着自己，唱上几句押韵的叙事诗或是情歌什么的。

盲人还在潮水般涌现，同时涌现的还有与他们有关的铺天盖地的流言。有人传言即将有新法令颁布，把他们中的大多数人重新安置到偏远的一些省份（这个帝国并不缺少那样贫困落后的地方），这样，至少外国友人再也看不见他们了。

不但没有任何依据可以证实这些传言，而且，在十二月份的最后一个周五——就在这天，颁布了一项特别的法令，赦免了所有被暴力致盲的人们——这个国家为那些致盲敕令的受害者举行了特赦宴会（用这个国度的语言来说是"布施"）。

正如随后被那些恶毒的言语戏谑地称呼的那样，这场"和解宴会"设在帝国驯马场，那是唯一能容纳几千桌来宾的建筑。

那些盲人从首都的各个地方蜂拥而来，一时间木鞋和棍子触地发出的嗒嗒声不绝于耳，由此引发的混乱让警察不得不将整个地区的交通封锁数个小时。

几十名官员到场来迎接他们，安排其就座，但尽管如此，当那些盲人最终进入大厅，尤其是当他们就要到达指定的座位时，事情突然恶化成一场真正的骚乱。他们撞翻了座椅，不知道该把之前带来的巴尔干七弦琴和拉祜塔斯放在哪里，谁知道为什么他们当中那么多人会笨拙地摸索自己的餐盘，竟然把饭菜撒了自己一身，还有的人直接就把盘子碰翻了。

有人注意到在这群盲人中，一个穿着木鞋、衣衫褴褛的人，正挤过人群朝桌子摸索着走过去，此人正是前任大维齐尔。

在一张长桌前面，坐着宫廷的高官，此外还有政府官员以及犹勒－伊斯兰酋长的随从人员。记者以及国外使节也受邀出席了。

其中的一位官员原打算说上几句祝酒词,可随着大多数的盲人都开始狼吞虎咽地吃起来,他所说的话大部分都被淹没在了餐具的刮擦声和瓷器的叮当声中。虽然如此,那些为了服务公共利益有必要做出牺牲什么的种种重要句子,尤其是苏丹的重要旨意,如忘记过去,如继续忠诚国家之类的东西,却是所有人都听得到的。

盲人们下巴上淌着肉汤,被这么好的一顿大餐诱惑得兴致勃勃——尤其是坚果、碎芝麻、蜂蜜糖——开始胡乱地弹奏拉祜塔斯。

那些官员、记者,还有外国的使节们,都默默地看着这场盛宴就那样混乱地在眼前进行着。

"每一朵云都有银色的内衬……我想你们国家的语言里也一定有类似的说法吧。"澳大利亚领事最后对身边的法国同行说了这么一句。

"是的，当然了。"法国人回答。

"虽然名字听起来既恐怖又无法翻译，还引发了臭名昭著的惨案，可是致盲敕令也让口头诗歌再次兴盛起来，据我观察，在过去的几年里，口头诗歌在这个国家里已经出现明显的衰退迹象了。"

"你真的这么认为吗？"法国人问道，惊讶地看着他的同行，然后突然想起这位同行以前给他讲过自己致力于对口头诗歌的研究，这让他的言论听起来不那么荒诞离奇、愤世嫉俗。

"如果想要证据，就看看这群人吧。"澳大利亚人补充了一句。

"我猜是这样。"法国领事望着大厅低声说道，在那里，盲人们发出的刺耳声音快要沸腾了。

地拉那，1984

阿伽门农的女儿 La Fille D'Agamemnon

# 1

窗外传来节日的音乐，熙熙攘攘的人群缓慢地向前行进，这支浩浩荡荡的队伍正赶着去参加游行。

数下来这也许是第十次了，我轻轻地拉开窗帘。街道上所见之处还是一样：乱哄哄的人群汇成一股慢慢流向城心的潮水，上面漂浮着一个个标语牌、一团团的花束，还有政治局成员的画像，还是去年那一套，没什么两样。只是画像中政客的脸要比往常僵硬得多，大概是画像在人头攒动的队伍中被挤来挤去的缘故，举着画像的手稍低一些都会让画中人的眼神斜斜的，好像在威胁地瞄着谁，此时，就算是画中人和你面对面地站着，估计你也认不出了。

我不再去鼓捣窗帘，突然意识到自己手里还紧紧地握着一份请帖。它让我第一次有资格在五一游行那天站在看台上，到现在我还不敢相信上面写的是自己的名字。刚收到时，党组秘书和我一样大吃一惊。他的眼中流露出羡慕的神情，这么说有点不客观，应该还有诧异。其实他那样也属正常，因为我既不是常常出席常务会议的那类人，也不属于经常受邀坐在看台上参加公共集会的人。当地党委会就每年参会的人员以外再加人选的事宜向副秘书征求意见时，虽然他本人当时也提到了我（这件事我也是后来才听说），但结果出来后他还是吃了一惊。虽然他的提议中有我的名字，但他大概也没有料到这份新增人员的名单会被通过。"他们总是让我们再推荐一些新的人员，"他想必是认为，"但是最后受邀的还是原来那拨人呀。"

"恭喜，恭喜。"他低声寒暄着，但递过请帖时，他眼中的神情却不只是羡慕和吃惊。笑容可掬中别有一番意味，一种很不一样的神情，准确地说，是一种心照不宣。总之，那是一种强烈的、质疑的，又极其狡猾的微笑。说其狡猾，是因为那种特有的善意在两个互相暧昧的人之间才会出现。他的微笑似乎在说："这请帖可不是谁都能收到的，对吧，小子？你小子有什么本事获此殊荣？不过话说回来，谁管这些呢，恭喜了！"

可恶的是，我竟然感到自己脸红了。回家的路上，我甩都甩不掉那种内疚感，一遍遍地想：他说得对，我有什么本事能收到请帖？

远离了街道上的喧嚣，寓所显得比平日要安静，空落落的。大家都跑去看游行了，房间里只有我一个人的脚步声，偌大的房子热闹不起来，反而更显寂寥冷清。这种静和空甚至有了某种质感，正如那天其他的一切。

我在等苏珊娜。内心没有半点等待心爱之人的焦急。我感受更多的是一种沉重，音乐声和窗外不休的喧闹无疑在让这种沉重感加强。我甚至想，那些肖像中的某一个会从举着它的手中突然松开，然后飘到我的窗前，用那画笔下冰冷的眼睛向窗内凝视，问我："你在这里干什么？哈！知道了！你放弃了看台上的位置就是为了等一个女人，是吗？"

"要是我八点半还到不了，就不用等我了。"苏珊娜之前说过。

每当想起这些话，我的目光都会落在沙发上，在那里我最后一次和她长谈，那让人无比伤心的长谈。当时她半裸着身体，说话的样子和平时一样——话语不多，意思含蓄。她说，以后想见我会越来越难。爸爸的事业很顺利……她的家庭越来越引人注目……两周前的中央委员会全体会议上，爸爸又升了一级……很显然，她的生活也得跟着改变，她的着装，她交往的圈子。不然，她可能会影响他的事业。

"是他叫你那样的吗？"——我不知"那样"怎么说——"还是你自己决定那样的？"

她看着我的眼睛，"他的确有，"停了一下，她说，"但是……"

"但是什么？"

"当他告诉我这些的时候，我明白他的意思。"

"是吗?"

我想,当时我的眼睛一定红红的,就像谁把沙子扬了进来。出于内疚,她把头靠在我的肩上。她那冰冷的手指抚弄着我后颈的头发,感觉就像布满缺口的试管一样。

可是为什么?我好想抗议。为什么是你?和你爸爸一样的人,他们的孩子完全可以好好利用爸爸带给他们的一切,过着无忧无虑的生活,坐着车子,在海边的别墅里聚会……如果不是她自己提起,我也定会抗议她的家世影响了我们的关系。换作别人,往往会让自己的子女享有更多的自由,可是她的父亲……他和别人不一样。谁知道他的心里怎么想的?也许和别人比起来,他的确是一个表里如一的人,他有着不容许自己例外的处事原则。不管怎么说,如果五一游行时他站在领导席上,那么我和她的一切都要结束了。

我什么也没说,她可能认为我不能理解这一切,低声啜泣道:"求你体谅。"考虑到公众的舆论,她爸爸不会接受她和一个实际上已经与别人订婚的男人交往。消息早晚都会走漏的。还不明白吗?就是现在,我和她就不能再来往了。

我不知该说些什么,我的目光在她的双腿上流连。

"即使对你,这样也不明智。"过了一会儿,她又说道。

"我不怪你。"

"其实，你可以那么说，不然你以后会后悔的，尤其是现在，你还在争取去维也纳的奖学金。"

我就那么一直盯着她身体上裸露的地方。老实说，我不知道自己会不会拿这个一半女孩一半女人的光滑雪白之身去与世界上其他的东西交换，包括去维也纳。她两腿间的香榭丽舍大道还在燃烧着不朽的火焰，一路通向她的凯旋门……我从没见过哪个女人像苏珊娜这样，在享受鱼水之欢时，脸上一直带着沉醉的笑意，就像身在极乐的梦境之中。她那无比的狂喜会顺着两边的颊骨一直蔓延到洁白的枕头上，那枕头，即使在她走后被丢在一边，也会在夜里发出微微的光，就像关掉了电视机后，屏幕还能继续发亮几秒钟一样。她的爱意，是难以掩饰的热烈，是严肃，是炽热的倾注。

## 2

我又一次凝视着空空的沙发，耳边还在回响着远处传来的庆祝声。我一遍又一遍地回想我们长谈时的一幕一幕，它们是那么深刻，仿佛被我的失落感增强了，正如展出的珠宝被包装它的盒子提升了光辉一样。如果在"五一"那天……你不要放在心上……你要知道，这对我来说一样困难……可我无法不去做出牺牲……但是，我会一直想着你……

"牺牲，"我一遍遍地对自己说，"那就是所谓的牺牲。"

她说什么我都笃信不疑，因为她对任何事情都是那么认真，她从不言谈轻率，也不是矫揉造作、装腔作势的人。如果说她认定了……需要因为某事做出牺牲……那么再去让她改变主意，也是徒劳的。

实际上，我也没打算那么做。她走后的几个小时里，我就那么在地板上踱来踱去，最后，我在书架前停了下来。半梦半醒中，我挑出一本刚读完不久的书，随手翻了几页。是罗伯特·格雷夫斯编写的希腊神话。

当时我还不能，也许一直也无法明白，在我的脑海中牺牲这个词汇是如何被神秘地剥去意义（朋友啊，我们生活的时代里人们为了利益去牺牲……我们牲畜饲养员的牺牲……还有），然后再把它远远地拉回，回到它浮夸的、浸满血的起点。

往昔最遥远的这一幕，对我而言，无疑是一个重要的转折点。从那时候起，我只需稍作努力，就能明白苏珊娜一直都在提到的牺牲，它就像伊菲革涅亚的命运一样。

什么类似的事情会发生在我的身上？因为苏珊娜使用了同样的词汇？因为她的爸爸，就像伊菲革涅亚的父亲一样，是这个国家显赫的权贵？还是仅仅因为，这些天一直在看格雷夫斯的书，让我已经深陷神话的世界难以自拔？

就像我所说的，我弄不清其中的原因。但我的狂躁不安已经让我无法坐下来重读神话中写着阿伽门农之女牺牲的那几页，不论是用些貌似合理的种种假说来解释希腊领袖如何做出导致他人死亡的行径，还是这些假说是关于一场伪装的牺牲，都是为了说明，这都是出于军方的利益做给别人看的（正如祭祀用的女孩在最后一刻被一只幼鹿替换掉了），也可能是为了别的什么人的利益。

我想知道，重新去读那些东西有什么用呢？能有什么用呢？虽然如此，我还是那么劲头十足地坚持把这厚重的巨著读完。

> 为了发起古老的特洛伊战争
> 他们献出了伊菲革涅亚
> 为了我们伟大的事业
> 我抱着心上人走向柴堆

我吟出这首诗的时候，是我把书放回书架后像个游魂似的在寓所里徘徊，还是在一段湮没无声的记忆中曾经读过的什么东西让我有感而发，我已经分不清楚。真真切切的伤感让我无精打采，呆滞迟缓。我当时的感觉就是——懒散、倦怠，什么事也做不下去。比如，说出这首诗作者的名字都做不到了。我甚至分辨不清，到底是我，还是苏珊娜的爸爸在拿她祭祀。有时似乎是我，有时又似乎是他，更可能的，是我和他同时在这样做。

外面的嘈杂逐渐平息了，街道一定是空无一人了。去参加游行的人应该早已在出发地点集合完毕。可是，这种死寂的静默一如早先喧闹般充满敌意、让人透不过气。它不停地提醒我，我的位子在那里，在喜庆的喧哗中，而不是这里，这个只有我一个人的地方。

早就过了八点半。我不用再去麻痹自己了，苏珊娜再不会来了。她从不迟到的。我甚至后悔她有这个优点，尽管以前这一点让我那么欣慰，因为它现在把我最后的一丝希望也毁掉了。苏珊娜已经早早告知我，过了八点就不用等了，一开始我还试图去为她找个托词——迟到个五分钟是女人的特权。我又努力地寻找其他的理由，试图体谅她——在这种举行庆典的日子，交通阻塞是很寻常的——这也没有让等待的煎熬缓解，种种解释只是让它更加糟糕了。又过去了五分钟，它比之前的那段时间还要难熬。有几次，我觉得自己马上就要冲到门口去了。

我决定等到八点四十五，然后出发去大看台，以免两件事都没结果。如果我不去看台被人发现了会怎样?对于这件事情的担心,逐渐取代了等她到来的焦虑,它一下让我有了摆脱麻烦的劲头。(我可以说我迷路了……我没想到警察早就把路封锁了,等等种种理由。)要是她早点到……可现在,我还是失去了她,我不能再因为不去出席游行检阅给自己惹来事端。另外,在那里没准我能看到她,在大看台上,或是挨着看台的地方,那里通常都是领导层子女的位置。

最后一个想法让我不再犹豫。还差五分钟九点的时候,我打开前门,出发。

# 3

楼道里空无一人,来到大街上,也是一个路人都看不到。我感到一种解脱,起初,可能是因为空间变得开阔了。我抬头眺望,感到被一种神奇的力量所吸引,它好像来自什么人的眼睛。此时,我们的邻居正站在阳台上,还是往常那么病怏怏的,他正低头看着街道。我快步迈向路边,不想出现在他的视线中。据说这位才华横溢的年轻科学家在斯大林去世那天大笑不止,他的事业因为此事戛然而止。过去很多年了,当然,如果不曾记错，从那时起，满满的哀求就在他的脸上凝固了。那天在葬礼的队伍中，窃笑或大笑的人绝对不只他一个——毫无缘由，或是短短一秒，或是因为他们发笑的反应机能在那天失控了，正如今天这种情况下的发笑一样，所有的理由，在组织上看来都是不能接受的。他们中的每一个人都受到了严惩。至今已经过去多年，那抑郁的样子使他们还是很容易就被认出来，他们的后半生都要带着这样的表情度日，因为一次出声的大笑，他们会一直受到谴责。

你最好把心思花在自己身上，看看自己成了什么样子！我提醒自己。大概和我的邻居一样，我也是满脸愁容吧。

仿佛是担心一脸的阴郁会引人注意，我从衣袋拿出请帖，假装在研读背面写的信息，是关于如何到达看台的详细介绍。

和我一样还在街道上的那些人，一定也是手中持有请帖的人。你可以知道他们是什么人，不仅仅是因其衣着时尚华丽，还因为他们的表情、他们的姿态，还有他们脸上那难掩的喜色。持帖人的这些特点使其与普通的路人明显不同，一般的路人要么是赶着去占个落脚点方便观看游行，要么是与所在的代表团走散了，一脸惆怅地在街上游荡。

与中央大街平行的派瑞科德街也挤满了人。远远就能听见军乐队在砰砰地演奏，声音大概是从搭建看台的广场那里传来的。每次节奏传来,都催我走快一些,虽然还不到九点呢,我也不知自己究竟急什么。

街道上,持有请帖的人还是混在人群中,但是没过多久,就看见前面的一个地方,人群在那里慢了下来,形成了漏斗状停滞的地带。在埃博森路的一端,一侧的人行道全部开放,另一侧,就是右边的一侧,只允许有请帖的人通行。估计更纵深的地方还有检查站——这只是初步的筛选。尽管如此,大多数受邀持有请帖的人还是很高兴,从这时起,他们就不必和那些人挤在一起了,而没有请帖的人只能怒视着他们,眼珠都快冒出来了。

我继续沿着左边的人行道朝前走,我的座位在C1看台上,此时我心里还有一丝幻想,没准苏珊娜也会在那儿。偶然间,我看到了雷克。

好多年没见着他了。他看上去生气勃勃,满脸笑意地(虽然这笑意与旁人在节日中被一面面小红旗感染的笑意大有不同)过来拥抱了我,又在两边的脸颊上亲了亲。老实说,我也不明白再次见到我他怎么这么开心。我们是认识多年的伙伴,那时我是法律系的学生,他则报考了艺术学校,但是我们之间的亲密并没有达到许久不见就会彼此十分思念的程度。

"最近怎么样?"他问道,"喜欢当记者吗?闪光灯,照相机,开拍——最高端了,啊?"

"你怎么样?"我回应道,"还在N那里?"

"唉,咱们说点别的哈!"他也用同样戏谑的语调说,"我最近不怎么样。其实也没那么糟,我做了些蠢事,被派去乡下负责筹划一些业余的演出活动。"

"是吗?"

"我用名誉担保!我推出了一部戏,结果说里面竟有三十二处意识形态上的错误!你能想象吗?现在这事都快家喻户晓了,唉,想想所说所做的那些事,我猜我受到的惩戒还是轻的。"

我当时的表情一定是介于惊愕和怀疑之间,因为他又来了一句:"你以为我在开玩笑呀?老实告诉你,这是千真万确的。"

他就那么不停地说,从语气中可以听出,他完全没有把所受的惩罚放在心上,他那出了名的三十二个意识形态错误并没有让他感到自怜与愤恨。仿佛他对整个事情都感到很得意,甚至还怀有暗暗的赞赏——虽然说不清令他赞赏的是那些具有超强判断力以及足够耐心将他的错误一一挑出的人,还是他自己,一个从未犯过错或是有过什么过失的人,却引发了一场如此严重的灾祸,再也许,是这两点都让他感到得意吧。

"就是那样,"他总结了一句,"他们二十六个, 二十六个,黄沙永远不会掩盖他们的坟墓……"[1]

我从不知道叶赛宁的这几行诗句此时能派上用场。

走着走着,我们来到了一个十字路口,在这里,持有请帖的人最终会和普通观看游行的人群分流。要是别的情形,我会想个办法,避免在一个正在受罚的好友面前亮出请帖,但是这次,我没有别的选择了。当时也巧,他正问我:"你近来怎样?"结果,我只好内疚地向他一笑,十分尴尬地从衣袋中抽出请帖,脱口说道:"你看,我收到了一份请帖……我是说……"

我不知该怎么把话说完:幽默地,直率点,还是采用戏谑的口吻——唉,我也不知是什么让我这样说话,可能就是我,就是他,或者就是命运中的反复无常。可他欢快的一声尖叫化解了我左右为难的窘境:"你这儿有份请帖,布莱夫,这可真是个好消息,你是不是得快点去?要不迟到了?"

无论在他的脸上还是声音中,都没有半点嘲讽和忍住的嫉妒之意,现在想来,自己真是惭愧,刚刚走过的那二十五码距离,我担心的竟然只是如何摆脱他这个人。

当我到达路口的另一端,快要走近第一排便衣警察那里时,我才第一次转过身去,看到他还在挥手向我道别,他那双

---

[1] 原文为俄语。——译注

闪烁着喜悦的眼睛还在望着我。

他刚才是怎样的一番好意啊！这一点更是让我心烦意乱。尽管如此，我猜他刚才的举动只是他个人性格的某种集中体现，出于一些原因，这点很难解释，就是说他本身是一个愿意以自己的失败取乐的人（换作其他情况，这种猜想也许会在我的内心深处留下厌恶的感觉），我的猜疑还是被他善意又欢快的举止一扫而光，这一点，让我在遇到第一批警察的时候，内心竟然无比轻松。

"身份证！"

用余光望去，我注意到检查员在来回地扫视我护照上的照片和我的脸，我试图去感觉这眼神中是否有怀疑，或是恶意，还是相反的，是某种尊重。短短几秒钟后，当我离开他继续向前时，我想，自己的精神衰退刚才一定是愈发严重了，竟然担心起我的脸、我的名字，还有手中的请帖会给一个微不足道的便衣警察留下什么印象，这个人我以后的一生都不会再见到。

玛卡凯仕大街将艾尔巴森路与中央大街连接起来，街上挤满了人，已经水泄不通。唯一能从街道的一侧通行的，就是持有请帖的人，有像我这样单独走着的，也有成一小队的。成队的人中，跟着一些孩子，手中拿着玩具旗和纸花。也有一些人，他们佩戴着奖章，使他们的脸上映着黄色的光芒。我跟在一个矮胖的人后面，他旁若无人地迈着大步，每只手都抱着一个小女孩。两个孩子的头发上都系着发带——一个蓝色的，一个红色的，她们可爱的小脸蛋，看起来就像从国家节日的纪录片电影中刚刚走出来的一样。

第二个检查站与第一个相隔不远。我原以为会更加严格，可程序实际上是一样的，这一点，对于第一次受邀的人来说一定是有些失望的，他们原来还期望一次严格的身份核查，以便让严格的程度来证实手中请帖的真正分量。这一点，在我前面那个带着两个小女孩的人身上表现得淋漓尽致，他还真是有些沮丧呢。向警察解释完那两个孩子是自己女儿后，他正要拿出身份证来证明一下，结果，两个警察的反应却仅仅是一种随意的回答："你走吧！"

那人先是呆了一下，然后摇摇头，似乎是说："这也叫安全检查？"这一切我都看在眼里，我甚至有种冲动，很想走上前告诉他："别担心，到大看台前一定还有好几次检查，那些一定更严格！"

此处的玛卡凯仕大街不仅格外的宽阔，还处于弯曲的一段，从这儿环顾四周，你可以清楚地看到许多应邀的客人成队赶来。他们站成一队，缓缓地向前移动，他们的热切是那么夸张，一半由于头顶上春日的阳光，一半是由于佩戴的奖章和手中的旗帜，不用说还有军乐队那越来越近的声响，你能感受到一股暖暖的凝聚力升腾在这些平素互不相识的人们之中。想要弄清楚缘由并不困难。他们都是由同一只手选拔出来的(这个国家的食指)，去参加同一个庆祝仪式，将他们锁定在一个带着金色光环的同盟内，这一点就让他们愿意彼此交谈，至少会小心翼翼地会意一笑。毕竟，那些别的人，那些普通人，那些没有被邀请的人，被撇在了安全警戒线之后，我们再也不会受到打扰，不用去回应那些惊讶的、充满疑虑的眼神，不会有人再紧追不放地质问："那么他们为什么特别邀请你呢？"

身处这种田园诗般安宁的节日场景之中，我突然感到一阵耻辱，随即突然有种渴望，真想再次见到雷克，和他在一起时，开始可能会不自在，但他的举止是那么高贵得体。不仅是他不会去问宿命性的问题，还有，虽然过去的几年里他都不去参加公共活动，但从他的身上我还是看到了真正的诚恳。

在第三个检查站，我遇到了一个住在我家附近的党组积极分子。(直到那时，我才意识到，那些便衣警察是由各种军内职工补充的，还有一些是来自不同社区的志愿者，他们当然也是一些"幕后工作者"。)换个地方，我定会对他一脸轻蔑，但此时，整个队伍中众人一致的欣喜，让我反倒有意向他报以一笑。对于我的致意，他不但没有反应，反而假装没有认出我。他快速地翻看着我的护照，看起来有些不耐烦，就好像他不知道我来自亚丹那个地方，哪怕我就在昨天还在乳品店遇到他。然后，他头都没抬，脱口而出："你走吧！"

一阵羞辱让我感到血涌上了两颊，但是没过多久，那人表现出来的冷淡就让我有了一种莫名的快感。这件小事说明，即使那天我只是被推选出来的人中的一个，先不说在某种隐秘而无法察觉的程度上，我是有点因此沾沾自喜的（虽然因此也感到同样地可耻），我明显已经成为精英阶层的一员，或者准确地说，很快就要步入上流阶层了。因此，我们那位积极分子才会那么嫉妒地看着我，想必他一定还小声地嘀咕那么一句："这家伙来这儿干吗？哪个混蛋选了这么个无名鼠辈让他去坐到大看台上？"

这让我开始去留心所有敌意的迹象。越是走近中央大道，我就愈发留意这些迹象。可是没看出什么。正当我打算放弃时，我突然感到，也许我所受的触动是缘于一种傲慢（那些习惯了年年受到邀请的人，自然会反感新人加入），那么，除了这个名为妒忌的敌人，我也没有什么可担心的，因为其他那些不停的抱怨，那些质疑的反对者（那么你都做了什么，能得到这份请帖，啊？）都已经在警戒线那里被隔离开了，在这一点上，对我们这些人来说都是一样的，我们多少算是同舟共济，准确地说，在这一点上，我算是有点在助纣为虐。两个穿着雨衣的年轻人，我好像在哪里见过，却又说不好，他们在我面前走过时，还用余光上下地打量我。我感到他们的目光中充满了嘲讽的意味。我转过身想要看看他们是不是还在盯着我，以证实一下自己是不是有点小题大做,可是让我烦恼的是,我发现他们真的是在瞪眼看着我。他们不仅在向我这里眺望,还在互相细声耳语,唇边的微笑还拧着一丝讥讽。

我的脸一下子红了起来。我习惯性地快走几步,突然又停了下来,那时真想向他们大喝几声:"什么事让你俩像对母鸡似的在这儿傻笑?凭什么怀疑我?告诉你们,我还怀疑你俩呢!"

当然,我没有那么做,但是想要继续朝前走,把他们抛在脑后,真是做不到。一群兴致高涨的人过来了,我远离了他们,才稍稍平静下来,在这群人里,我又看到了那个矮墩墩的爸爸,还有他那两个系着蓝色和红色发带的女儿。

我仍在低声地与那两个年轻人争辩:"谁给你的特权让你随便怀疑别人?不过说到底,在这件事上,什么让你们觉得你们比我更有资格?"

这些都是我对自己嘟囔的罢了,可是,我就是觉得,他们脸上的那种窃笑怎么都挥之不去。猛然间,我感到我解开了这个谜团:最先心存猜疑的人是赢家。那个被怀疑的人,尽管可能是无辜的,却总是一副防守的姿态,因为先发评论的人抢占了先机。

多么疯狂的想法,我的内心一片抗议。作为补救,我试图去回忆我读过的书中所记载的关于集体罪行的一些片段,最后还是什么都没想起来。

我前面那两个系发带的小女孩开始喊喊喳喳地央求什么。她们的爸爸耐心地应对着,柔声细语的回答中,还怜爱地称呼每个孩子的乳名。

真是个完美的父亲,五一节这个晴朗的日子里,他一手抱着一个女儿。一道美丽的风景,我对自己说道。但是你能告诉我——谁为这般祥和的场景埋单?你把谁挤掉了换作自己来享受旭日下的位子?

我是第一个因为自己这种愤怒的爆发而感到惊讶的人。但是惊讶没有让我停止用一双流淌着仇恨的双眼去环顾左右。我俨然成了一名恐怖分子,对血腥的场面心驰神往,开始不管不顾地向人群扫射。既然世风如此,我宁愿先开枪,至于随后的惩罚,我愿意接受。

# 4

刚过一会儿,我就感到额头上冒出了密集的冷汗。那两个穿着雨衣的年轻人,还有系着红色蓝色发带的模范一家,早已经不见了踪影。在一群陌生人中间,我向前游走着,对于他们,我刚才还厚颜无耻地攻击过。我曾经想都不想就去肆意地抹黑他们,当然他们也那么毫无顾忌地回敬我。

现在离中央大街已经不远了。就没有什么让你的良心不安吗?我扪心自问。六个月前,我刚刚通过当地党组织的审查,其间我也听到过一些说法,是关于对我们的指控,那时我第一次拿刚才的问题向自己发问。现在我又一次摇了摇头,就像当时一样。没有!我的良心没有那样的污秽!虽然曾经因为我,造成隔壁办公室的两个同事被贬黜到某个破地方,但是我并不知情,我没什么内疚的。恰恰相反:应该说,正是他们的愚蠢才造成我现在的毁灭。"你们现在是在参加党委会,你们应该知道,在委员会上撒谎,是绝对禁止的!"委员会秘书吼道,眼睛直直地盯着我们。"你!"他指着我说,"这种污蔑性的含沙射影,你到底在哪儿听说的?居然诽谤妄议这样一个,这样一个领袖的倒台!这绝不仅仅是在社会上散布小资产阶级思想,也绝不只是在群众中散布类似观念这么简单!要是我们中有人这么说——也就是照你所说的,是一个秘密的组织,它的成立就是为了特别的目的,就是为了上述领导的垮台铺平道路?"

我从来没有那么难受过。我的办公室同事,当时就在房间的另一侧,嘴巴张得大大的,他的确是这么告诉我的,但我当时却并不知道，在这之前他早已经供认了一切。我回答得很直接，带着一种怪异的自信，我还让这种自信又维持了一会儿，因为我的确读过一本书，是关于苏联入侵之后的捷克斯洛伐克的书。党委秘书的眼睛洞悉到了这点，当我回话时，我也尽力表现出自己在某本书中读到过。我能够做到这么自信满满，完全是因为，我真真实实地刚把一本关于捷克斯洛伐克的书粗略读完。

我不知道我的回答中哪部分会让委员会秘书喜欢，他本该公正地倾向于相信我同事的说辞，既然他们已经和盘托出，这样的代价应该让秘书对我有所怀疑才是。事实恰恰相反。他们两个都没有机会辩解（"真是谢天谢地，"他们后来告诉我，"正好我们不想那样！"），他就开始痛斥我那两个同事是危险的话匣子，是害人的白痴，是骗子，是狂徒，自以为了解政治，其实半点都不懂。是两个无可救药的长舌妇，没有一点责任感，不管从哪儿道听途说来的资产阶级那些乌七八糟的东西，都把它们对号入座，硬套在我们这美好的社会主义生活中。就这样我逃避了严惩，虽然那顿训斥听起来更像是颂扬。不过，我本该小心些，不该去发表那些眼下还涉及错误比较的论断，我应该试着去探讨一些困惑性的话题，那些有待斟酌的事情，这样还可以和对方畅谈一下。尤其我可以谈谈那些无脑的傻瓜经常爱听的事情，他们在政治上天真得就像我的那两个同事。

"现在就让自己做出牺牲吧！你可以出去了，但要记住，今天所说的，一个字都不要对别人提起，明白吗？"委员会秘书最后来了一句。一直以来，我总觉得他的行为，还有他对这件事情仓促的了结，都无法理解。其中的缘由是不是就像机器的某个齿轮突然改变了方向，而在接下来引发的一连串反常举动？还是因为，秘书只是抓住了在我介绍事件时某个意外的要素，就像捷克斯洛伐克的事情，想让事情快点结束？也许比那还要简单，他当时应该有很多事情要去处理，比如要去应付上级因为经济计划中出现差额对他的责难，再也许，他只是想让一件棘手的事情快点结束，越早越好罢了。

他几乎是满脸善意地看着我，只是因为我已经帮他卸下了这个负担。当我离开时，我想他还要像一位叔伯似的把手搭在我的肩上表示一下关心，这场景就像"新阿尔巴尼亚"放映厅播放的电影中，我多次看到的一样。虽然他的手最终没有拍我的肩，但在之后的很多天，我都在想，人们得怎么看我呀？！那是在所难免的，毕竟卷入此事的三个人里，我是唯一一个毫发无损的人。真是撞上大运了，在动身去那偏远之地以前，那两个同事一直都向所有的人说，我和此事毫无关系，他们自己理应受罚。还说，事情能够了结，他们已经很高兴了，不然不知什么样呢。

后来，每当我回想起这一幕时，这几句话都会深深触动我："现在就让自己做出牺牲吧！你可以出去了，但要记住，今天所说的，一个字都不要对别人提起！"委员会秘书对此事的草草了结，他对我的感激之情，尤其是他倾向于将此事定性为一场主要由愚蠢的傻瓜和狂徒引发的事件，这都让我渐渐感到，这事从一开始就不是那么简单的。实际上没有什么真正的谜团，更不是什么松了的齿轮引发了一连串不合常理的事件，这些也都和这个日理万机、早已精疲力竭的秘书没有什么关系。这只是一个手段，目的就是让流言蜚语在刚刚萌芽的状态便尽快消失而已。这种流言的危险性足以让政府以任何理由在其蔓延前将其遏制。这也是整个案件虽然公开宣判但是最后实际的定罪却不被提及的原因。涉事的两个人因玩忽职守在工作上被降级，这个罪名换作任何时候任何人都可能受到处分。

本来政府可以更加合乎情理地法外开恩，让我的两个同事免受处分，可谁知哪个环节又风声骤紧，要求不管付出什么代价一定严惩不贷……如果不是后来又发生了一些事情，真不知结果会怎样。

快到中央大街了，这一幕幕都在我的脑海中浮现出来。几个月的时间过去了，我又开始担忧，一桩桩的往事让我无法用信任的眼光去看别人。毕竟，认识我的人如果发现我出现在大看台上，都会觉得十分可疑。我自己也想过两三次了，我是不是稀里糊涂地就成了同事案子里的帮凶。毕竟，正是我才导致他们被指控错误地将修正主义者的恣意乱为与社会主义的现实情况相混淆……不说也知道他们如果今天在电视上看到我会怎么想！他们肯定会认为，我们两个当时相信是他使我们免受惩处，但是，很显然，他当时一定是与那些人沆瀣一气，才有这么丰厚的回报！

我想，要是他们当时不给我发这份请帖就好了。或者我这次不来好了，就像苏珊娜和我约好的……猛然间，没有苏珊娜在身边的痛苦又一次重创了我，杀伤力就像一颗炸弹一般。唉，老天！我痛苦地叹息着。一下子感觉所有的重负都压了上来。

在两条大道交叉的地方又遇到了一个检查站，这里要比以前的严格。此时我已经不再去担心刚才那些事情。我隐隐地希望警察能够在我的请帖上查出什么违反章程的事情，使我不得不回去，这种想法让我在等待他们一道道的检查时，心跳越来越快。

哪有那么好的运气！在生活中有很多事情，耽搁，疏忽，大意，还真不是随随便便就能碰到。在颁发官方请帖这事上也是如此。

中央大街两侧的人行道都已经挤满了群众。大多数接到请帖的人都被安置在这里。这也是在请帖上清楚写明的："在中央看台的左侧或右侧"。那么我们中那些有座位的人还要费力地穿过拥挤的人群。我之前就已经引起一些人的猜疑和妒忌，当人们意识到我应该会去更高的地方，还不知我在前方要面对多少怨恨呢。想来，真正的梦魇在那时也只是刚刚开始吧。我能想象到，当人们意识到我要去做什么，他们定会拉扯我上衣的后摆，把我拖回，会立即发出警报。

我本能地放慢步伐，以免引起怀疑，刚刚我那急切地朝前突进的样子，可能已经引人注意了。我得看起来和所有刚刚赶到的人一样，只是在专注地想找个最好的落脚点。

不久，我就发现整个人行道上挤满了到处走动的人。最有利的观赏点早就被人立桩标出，没有落脚的人还在来回地四处寻找，有的遇到老熟人，还会大声地笑着打招呼。在各处都能看到佩戴着光灿灿勋章的人。有时兴许还能见到获得劳动英雄勋章的明星。从外面看来，或是从那些对我们怒目而视一直盯着我们走向站台的人那里，都不难猜出，那里看起来就像天堂的一角。一个精英的代表团，在五一那天炫目的阳光下，挨着庄严的合唱团……

唉，我心想，即使那都不是真的，即使这里没有半点天堂的银色，它也不会是与之完全相反的样子，绝不是世俗的我们所幻想出的地狱之境……事情也许要简单得多，是我这颗躁动不安的心让一切看起来比实际上更黑暗。

　　稍稍放心一点之后，我看看自己的手表。都快到九点半了。大概是时候走上中央看台了。街道上拥挤的人群中，有一队已经站成一行，他们着装整齐，已经向着看台出发了，让我意外的是，这些人中，没有人流露出内疚、羞耻或犹豫的神情。相反的是，大多数人都大大方方甚至有些得意地拿着请帖，还会停下来再拿近或是将手臂伸开看看它们，假装在查看自己的座位在什么地方(就好像他们在家没把它们反复查看过几十次似的)，然后，一脸庄重地径直走上前去。

　　我正想着毫不迟疑地加入队伍。毕竟连续好几年他们都这样参加了，我这才是第一次见识这样的场面。也是最后一次吧，还很可能是……

　　"继续前进！继续前进！"附近的扬声器传来大声的催促，似乎是在鼓动我早下决心。我想我的脸上很快就要绽放出笑容，但绝不会那么容易的。因为在我的右边，在一群年纪很轻的年轻人中，其中的大多数人我都是熟悉的(一些是《人民日报》的工作人员，其他的在中央委员会工作)，我看到了G. Z.。

　　我想不到那群人中还有别的什么能将我猛然间又拉回到

这世界上最糟的、死一般的、最恶劣的一场梦魇。阴森的地缝，然后是剧烈的下坠，接下来是绝望时的猛拉，试图不惜任何代价地逃开这混沌一片……这不就是古代传说中鲍德曼坠落的情景吗？

话说一天夜里，走在黑暗中的鲍德曼突然掉进了一个大洞，他一直落，一直落，直到最后掉进了地狱……

# 5

自从G. Z. 来到电视台工作我就认识他，我对他也不是特别关注。他肤色发灰，比苍白还更显病态，这大概因为他不注重个人卫生，不洗衬衫，自称喜好朴素的着装品位（其实更像是吝啬），加之他反复地在开会时说自己是孤儿的身世（同志们！我出生时就没了父母。不！党就是我唯一的家人），这本身就让他被委派为代表有了无尽的情感支持，但是这样也让我们的一个同事非常恼怒（纯属胡说八道！他会嘟囔着说。只是他妈去世了，他爸还健在呢，身体好着呢。他这时候怎么不说党就是他老妈呢），他的整个人品，还有以前的经历，总之，要是用讲究点的言辞概括一下，就是，一堆狗屎。

但是，那大概就是他的事业能够稳步发展的原因吧。因为，事业，就像我一个同事总喜欢说的，它的建立不仅仅以热忱和精力为基础，还需要特殊的天赋，这是我们所说的那个人不可或缺的一部分，这种天赋与他身上其他的基因相比，几乎无法区分。这种天赋，在别人那里可能从外表上就能窥得一二，不论是铁石心肠、生来乖僻、阿谀逢迎，还是什么别的，可是G. Z. 身上的鲁钝，他那貌似真实的孤儿身世，不知什么原因，都让我们的领导相信，就是有一天让他去趟过泥潭，G. Z. 也是会心甘情愿地去做的。

确实，他在工作上已经有些成绩。开始是在广播服务处，然后到国家大剧院，人们都说，在那里他很受器重。你可以清楚地看到他那想要更上一层的不可遏制的渴望……但是，一天夜里，他的一个亲戚被捕了。

一天夜里，鲍德曼就那么跌呀跌一直跌进了地狱……

我从未想到，像G. Z. 这样一个毫不起眼的人，能成为一个由头，最终让我们将一个古老的民间故事与生活中的一件寻常小事联系起来。可是就像我们办公室的头儿经常会问起的，比起崇高的思想，可恶的小虫更让人时常记起，甚至远远超过你的想象，不正是这样吗？

在跌落之后，鲍德曼拼力挣扎想要找到攀爬回上面世界的路径。他拼尽全力寻遍每个角落，直到有个老人在他耳边低声地告诉他解决的办法。有一只鹰可以全凭翅膀的力量一直向上飞——但是有个条件，在整个飞行期间，这只猛禽需要进食鲜肉。鲍德曼没想到还有这样一个麻烦。

（他们让G. Z. 提供什么回报来换取上层世界的位置呢？他献出了谁的鲜肉呢？）

连续几天几夜，G. Z. 都在深深的焦虑中煎熬，他整日地游走在一个个的办公室间，在其堂弟面前喋喋不休，以断绝二人的来往，他还发誓，如果党组织让自己受审，他就用双手扭断他的脖子！比我了解他的人说，这人的焦躁不安绝不是在装样子。这些人对他的说法，听起来更像说他廉正的证词，这在某种程度上是在为他的做派辩护。但我听到这些话后，却感觉是对人性中卑劣品质的完美演绎。

他到处奔波，费尽全力地寻找一个解决方案：他阿谀奉承的样子和迫切的巴结就像吸了毒似的。这样的一个人，他能回想起的那对党组织无尽的忠诚，最后却带给他别人无法体味的诧异。他就这样踱来踱去，在一个个的走廊间，从一个办公室到另一个办公室，直到最后终于有人指点他如何爬出身处的坑洞。有人认识那个谁……条件是……G. Z. 没有想到那竟是个麻烦。

G. Z. 的所作所为体现的真实本性，在这里远远不能完全揭露出来。

地狱里,鲍德曼在爬上鹰背之前想方设法弄到了鲜肉,他也因此能够重返上面的世界。飞回的路途中,老鹰会时不时地要求吃肉,鲍德曼就将带着的肉切成小块喂给它吃。

一直以来,G. Z. 要出版作品都是被禁止的,但他仍是国家大剧院的一员。之前他告诉身边的人,说自己的案子将很快解决。两三个星期之后,顶多四到五周,他自己的前途将会彻底地与堂弟目前的境况撇清关系。尤其是他也不是什么最亲的堂弟……但事情并没有在两三周内解决掉,四五周也没有。

老鹰飞往上面的世界,所需的时间远远要比鲍德曼所预期的要长。最后它的食管里早已没有了一丁点肉。当老鹰在半空盘旋不前时,鲍德曼望着阴森的深渊,内心充满了恐惧,下面是深不见底的黑洞。

"哗,哗!"老鹰叫着,这是在索要食物。鲍德曼吓得直发抖。现在给它什么吃呢?因为老人之前曾经警告他:如果这畜生要吃肉,却吃得不够量,你便将坠落到更深的地方。

"哗!"老鹰又开始叫了。情急之下,鲍德曼用刀剜下手臂上的一块肉,把自己的肉切碎了喂给鹰吃。

G. Z. 在受审的最后一周究竟做了什么,我们不得而知,只听说,开始时,他在委员会上设计构陷一个时尚的年轻剧作家,此人之前写过一些关于领袖的诗(是他一个身为警卫员的朋友帮他弄到的），已经被G. Z. 寄到领袖的子女那里，同时还寄去了一封信，信中抱怨由于一些广为人知的原因，这些诗歌竟不能出版。然后事情来了：年轻的剧作家被捕，有人分析是G. Z. 模仿了那人的笔迹。

我擦了擦额头，想让头疼缓解一些。不，鲍德曼割下自己的肉来喂凶猛的老鹰，这个故事已经不适合再去比喻G. Z. 的行径。那个人无法用自己的肉去满足老鹰的胃口。鲍德曼的自残让整个传说充满了悲剧性的基调，甚至是悲壮，这一点，在G. Z. 和他同类身上，是完全不适用的。他们当中谁也不会为了救别人而让自己有丝毫的损伤，可是鲍德曼……

"哗，哗！"过了一会儿，老鹰又开始叫了。坐在鹰背上的人不得不将刀片刺入大腿再切一块肉下来。他就那么一直愁闷地望着墨汁一般漆黑的深渊，有时也会凝视着自己身体上的不同部位，只要是老鹰要吃的，这些部位就要从自己的身上割掉。老天，每一片都和任何其他的一样，疼痛无比。

老鹰在冰冷的黑暗中无休无止地飞着，时不时地发出难听的叫声，鲍德曼就得将身上割下的肉喂给它吃。这段路程似乎永无尽头。有时他觉得自己已经能从远处看到一丝微弱的光，但那只是他疲倦的双眼产生的幻觉罢了。

"哗，哗……"他开始一片一片地从自己的胸部切肉了，因为身上其他的地方已经只剩下骨头了。又一次,他感到自己看到了遥远的日光。

我们不知道当老鹰带他回到人间时,鲍德曼是不是还活着。据说,当时碰巧在附近的人都不敢相信自己的眼睛,他们看到一只巨大的黑鸟,背上驮着一副人的骨架。"嗨!快来看看这是什么不可思议的东西!"人们奔走呼告着,"一只老鹰驮着一副人的骨架……"

# 6

我已经看不见G. Z. 了,也不想再去琢磨他。那些别无他法只能掉进深渊的人,除了他,大有人在,G. Z. 只是其中的一个……也许我也算一个。我们都走上了一条不知通往何处的不归路,不知前方的路会有多长,虽然人已上路,却已意识到自己走错了路,可再想回来,已是太晚。我们每一个人,为了不被黑暗所吞噬,已经开始在一片片地削着自己的肉了。

我不停地按按自己的额头。周围人群的聒噪已经让人听不清乐队到底在演奏着什么。此时,我感到自己已然身处远方,在一口黑不见底的竖井中,在那儿,我们都跨坐在各自的鹰身上，不停地盘旋着，任由风力推着我们前进。

"好极了，好极了，在这儿见到你太好了！"但你怎么看起来一副心不在焉的样子？不管怎样，"五一快乐！你也是！"

是我叔叔。虽然见到我很高兴，可他还是难掩一脸的惊讶。他双眉扬起，在和我说话时，眼中始终流露出诧异的神情，好像他怎么也不能接受我真实地出现在这儿这个事实。

"他是我侄子，在广播服务台任职。"他对身边的几个同事说，语气中神气十足。

我不喜欢叔叔。过去的几年里，我们俩每次见面都起争执，我们对什么事情都持对立的见解：经理们称不称职、物资匮乏、斯大林、电视节目、科索沃问题，等等。我还真是想不起我们对什么事情是看法一致的。就是关于天气，这个通常让两个对头最勉强有话可聊的谈资，也能让我们叔侄争论起来。他喜欢热天气，我却喜爱凉爽的气候。他总是能将不同的喜好归结为意识形态的不同。

"很明显，你喜欢欧洲的气候，从哪方面看，那都是你的模式！"

"那你说说我有什么模式？"我以前总是反驳他，"孟加拉？远东？斯坎德培战斗了二十五年才将阿尔巴尼亚从亚洲人手中夺回，将它领入欧洲阵营。你和你的那些朋友们都在做什么?你们一直不停地想将阿尔巴尼亚再推回去!"

那时候,我们总会争吵,然后事态就会升温。他就会把我称作自由分子或是修正主义者,如果发现他说的话已经唬不住我,还会气得吹胡子瞪眼睛,就会用别的法子,骂上几句更难听的,但他也找不到别的什么话了(在他看来,这些已经是他找到的最难听的了),就一遍遍地骂着同样的话。

"死脑筋的修正主义者!不可救药的自由主义者!……"

就在那时我来了脾气。我向他吼道:"你还真是脑残!南斯拉夫还是犹太教正统派的时候,我们一直与之交好,但是一旦贝尔格莱德那里显露出缓和的迹象,我们就得尽快离开他们。在斯大林恐怖最盛的时候,我们一直是苏联的盟友,但当他们开始显示出一点文明迹象的时候,我们就不和他们来往了。别的国家都已经不再采用恶行和愚民政策,可阿尔巴尼亚还在沿用过去的一套!我们俨然高尚的神职人员,为一切耻辱和灾难祷告。别的国家像我们这样吗?这片被诅咒的、万恶的土地!"

他听我这么说,一下子目瞪口呆,睁大双眼盯着我,目光里全是憎恨和恐惧。有那么两三次他想教训我,但他的嘴巴好像干得说不出话来。直到我说"这片万恶的土地",他才完整地冒出那么一句:"我要去举报你!"

"你去吧!"我回敬道,"但你别忘了,我要是倒霉了,也会牵连到你……"

那一刻,就像往常一样,他掏出一盒药丸,吞下了一剂硝化甘油。

那是我们倒数第二次争吵时的情形。我们上次的争吵是关于领袖演讲中的一句口号。我对叔叔说,我觉得他的说法简直荒谬至极,更是国家的奇耻大辱。

他气得脸色苍白,下巴都跟着颤抖,已经无言以对了。

"这场戏弄我们的玩笑,你觉得怎样?"我还憋着一股火。"世界上别的国家都在朝前走,都在想着如何好好建设,而我们却要牺牲掉自己。你是想说,因为在伦敦、巴黎、维也纳等地方,人们走着一条贪图享乐、让人堕落的道路,终日里沉湎于声色犬马,整日自我放纵,我们阿尔巴尼亚人就得牺牲自己,为了他们灵魂的救赎去吃草?这真是滑稽可笑!"

"别说了!"他最终还是爆发了,"你已经腐化到骨子里,彻底理解不了这些事情了!你根本不明白,即便阿尔巴尼亚从地球上被擦掉,那都是无关紧要的,只要领袖的思想能确保永世不灭!"

他回了这么一句,我顿时哑口无言,这番言论以前闻所未闻(我后来才得知,这是内政部长在一次秘密会议上说的话)。

他见我沉默,以为占了上风,也将这沉默理解为我认输了。他上下打量我,目光中带着得意,直到我又开始一轮抨击,这次的切入点完全是他始料未及的。

"你刚才所说的话,简直是对领袖最十恶不赦的攻击。"我说。

"攻击领袖?我?"他咧嘴一笑,"现在是谁在谈论领袖?"

"你在!"我答道,"只不过是将'阿尔巴尼亚'与'领袖'替换了,这当然就和指责后者是一样的。归根到底就是说,要么是这个,要么是那个,这个世界上容不下他们两个并存。换句话说,不是你死就是我活!"

"我可没那么说。你别在那儿曲解我的意思!"他吼道。

"你就是那么说的!"我回嘴,"你刚才说得很清楚了:让阿尔巴尼亚从地球上消失,以使领袖的思想能够继续发扬!"

猛然间,我的大脑一片混乱。也许那正是领袖真正的秘密:让这个令人愤怒的阿尔巴尼亚从地球上消失,整个国家的贫民将永远被他踩在脚下,这么多年受他饲养和统治的贫民!一旦摆脱他们,变成一片虚无,那会多干净!一尘不染!国家灭亡了,但它还活在领袖的书籍中,活在领袖的思想中。当然,真省事了!没有棘手的现实违背你的意志,没有什么犯罪的迹象。只有他的书,他的思想,他的认识……

"我可没那么说!"我叔叔不停地咆哮着,"你把我的话曲解了,你这魔鬼般的家伙!"

我们的争论渐渐停了下来,就要结束时,总会再互相攻击一番:我去揭发你……你去吧,你也休想脱了干系……然后他就会吃下一剂药,每次都是一样。这次有一点例外,这次是我说:"我去揭发你。"我还说了别的。放肆的讥讽让我自己都感到羞辱(我注意到讥讽他能让我镇静下来,尤其是一举击中我叔叔要害的时候),我又说了一句:我打算去揭发你,但可恶的麻烦在于,我也脱不了干系……

这时,他的火气来了,我们的争论最后以极其荒诞的一幕收场。两个人都吵闹着要告发对方,都嚷道这事自己也难脱干系,然后我们都吞了一剂药丸——但是让我们彼此都感到惊讶的是,我是抢过他的药盒自己把药吞掉的,然后就仓皇地跑掉了。

以前经历的一幕幕想必也以这样或那样的形式浮现在我叔叔的脑海中,我能看出他眼中流露出的惊讶越来越明显。但他的表情中也有一丝得意的神色:最后!你还不是走上了正途,我的孩子!你以前那么恣意地愤恨,对此不屑一顾,可现在还不是与我们为伍了?!

"所以他们发给你请帖了?"他拍拍我的肩膀问道,"祝贺你!祝贺你!我真替你感到高兴!"

要是没有旁人在场,他可能会这么问我:"不说那些细节,现在你就告诉我……"虽然如今他什么也没说,但他的态度——他看我的样子,他拍我肩膀的样子,就像是"新阿尔巴尼亚"放映厅里那些电影中翻版的一样——实际上都在传达这样的信息。

我开始和他握手告别,可他还是兴高采烈地说着:"怎么,要走?就在这儿吧,我亲爱的孩子。这儿地界不错,在这什么都能看到。"

"嗯,只是我……"

矜持的天性让我本不该向他透漏自己在大看台那里有个席位的实情,但我此时还想不出该说什么,只好告诉了他。

他完全改变了态度。就像他在我手中看到的不是一份官方的请帖,而是一份死亡通知书。

他突然将它拿了过去,应该说,是从我指间一把抢了过去,那气愤的样子就像老鹰扑向林中的小鸟。贪婪,怀疑,他恶狠狠地将请帖上的字逐个看了一遍,试图挑出不可原谅的错误。他盯着看了一会儿(我觉得能看出他的手在颤抖),汗滴在他的额头密密麻麻地渗了出来。他的脸,他的全身,甚至身上戴着的奖章都感觉在叮当作响,这些坏兆头似乎在说:一定是弄错了!弄错了!你!被请到看台上!你,一脑子坏水的家伙,整天琢磨管理、斯大林、自由贸易……他眼中的神情既有疑忌又有嫉恨。我发誓如果他当时能的话，一定会将有关部门的人叫来，当场把我的事揭发了，或者在我背后捅上一刀，就像这是正当的一样。他的确是我哥哥的儿子，但是党才最重要，对吧？

"你们两个在吵架吗？"他的一个朋友笑呵呵地问道。

"呃……没，当然没有……"

最后叔叔把请帖还给了我。他脸上的肥肉完全松弛下来时看上去十分苍老。随即，眼中又流露出恶毒的神情，尽管一脸困惑之情还未褪尽。他的眼睛渐渐眯成了一条缝，眼神如刀子一般锋利。他看着我时，眼神的犀利让人不敢直视。意识到自己的盛气凌人，他的脸也下意识地换了副样子，尽管几秒钟前还是一脸的垂头丧气。我最担心的问题，很显然是十分残酷的：你都做什么了能弄到这么个请帖？随即就会是挖苦的暗示：你不是一直都像个小英雄吗？不是吗？可最终还是发现无路可走了吧？

这次轮到我前额冒汗了。

你是不是很享受那么白天黑夜地诋毁我们，可我们却至少是光明正大地赢得这些邀请，就像我们赢得所有别的东西一样。我们可不那么言不由衷，这就是我们的庆典。但你可不是想什么就说什么。说，你来这儿干什么？

除非让你愤愤不平的是你无法登峰造极,那么你才一有机会就背弃自我,才会彻头彻尾地背叛自己,以便能爬上事业的顶峰。你对此一定很擅长,我的孩子,因为你不但达到目的了,还超出我们一大截!是!你一定是做过什么手脚!哼!我猜这就是事情的原委!现在轮到我们对你敬而远之了!

我很确定,那就是在他脑袋里一遍遍翻滚的辞令!我还是抑制住了那种无法抗拒的渴望,没有喊出来:不!在你那肮脏的笨脑袋瓜里琢磨过的事情,我什么都没做,你这愚蠢的老顽固!恰恰相反!一小时前我已经准备好了,只想用它来换一次与心上人的幽会。如果你知道她是谁……但像你这样鲁钝的莽汉又怎么能明白呢?

我的手还在紧紧地握着请帖,这时听见他说:"快去吧,你要迟到了……"

他的眼神和他说的话一样,冷冰冰的。他本可以说"赶快消失!祸害精!"这两种都是同样的冷酷。

"还是你赶快走开吧,老笨蛋,别忘了带上你那生了锈的奖章!"离开他的时候我小声咕哝着,甚至没有同他握手。

之后不久,我发现自己正在一小股人群中,朝着看台走去。四处鬼鬼祟祟斜视的眼睛都在盯着我们,眼神中满是妒忌、羡慕,还有愤恨,这些情绪一起将他们的嘴巴扭曲,挤出了怪异的微笑,这里不妨称之为反对的微笑。

真希望当时把请帖撕了,就不用在这里露脸了。啊,苏西,你究竟给了我什么?

# 7

失去她的悲伤让我感到极其痛苦。苏西……每当我担心她会弃我而去的时候,我在脑海中就这么一遍遍地呼唤。承受灼痛的分明是你,就像它清楚地折射出一个上层人物女儿的骄傲。啊,苏西,你究竟给了我什么?我一遍遍地重复着。你真的就选这天来和我分手吗!

我知道失去她的痛苦将伴我终生,可是在那天这痛苦几乎让我承受不住了。

我向前移动着,大概我那一脸的阴郁与周围节日的氛围已成了鲜明的对比。就在前方几码远的地方,我隐约发现有个我认识的人,那是TH. D.,是个画家,很明显,他和我一样,也正赶往大看台那里的座位。他怀里还抱着年幼的女儿(咦,那戴着红蓝发带的两个小女孩哪里去了呢?)。

也许跟着他我就不那么引人注意了,出于这样的一种想法，我挤过人群，尽量接近他。也许我不妨利用一下他出席的正当性，对他而言，能在大看台上有个位置，其中的原因是人人皆知的。

我边走边琢磨他脸上的表情。除了我，他的脸是整个游行队伍中唯一没有表情的。在电视广播的各种庆典中，我见过的他一直都是这样。一直以来，他似乎已经获得了在公众面前板着脸的权力。很明显，这应该是比他获得的所有酬金还要有价值的资源。

在这个国家，我不知道，还有什么别的人被视为既有特权又不断受到迫害。在饭后的闲聊中，有时会碰巧将这两个形容词都用在他身上，使用者甚至是同一个人。但是，大家一致认为，他与这个国家的关系是隐蔽而神秘的。人们谈到他的时候，有的是批评，甚至有人指责他犯过严重的错误，整个人都永远毁掉了，但是，那次在党的全体会议上发生的事情，外界是无从知晓的。当时，关于他的垮台早已经众说纷纭——他很快就要受到严惩，但同时他又是不可触动的——这都成了人们茶余饭后最流行的话题——他的脸突然间再次出现在各种看台上，看上去还是和往日一样阴郁。

他付出了怎样的代价才得以赦免？因为，就像我们每个人一样，他想必也是让他的那只鹰，也许比任何一只都要凶猛，带着他飞过了暗夜。

在餐馆的闲谈或饭后的聊天中，关于他的许多其他事情，人们也是议论纷纷。有人谣传他引起了高层的妒忌，甚至是最高层的人，这主要是因为他在国外展出作品。在他引起的其他议论中，最莫衷一是的，就是他在国家生活中还会不会发挥作用。有人断言，他已经通过他的作品在发挥作用；其他人却不这么认为。我们应该对他有所期待，甚至更多，他们认为，对他期待那么多是因为，他能让人们相信，没人敢去把他怎么样。他自己也很清楚，没人敢动他一根毫毛。那么他为什么不利用这一点呢？

"你是说他们不敢动他？"会有人这么说，"我承认，青天白日，他们无能为力。可谁能说得准暗地里或是背后他身上不会发生什么事？比如说，一次车祸，或者是碰巧刚刚参加一次宴会，随后，第二天早上，就是一场庄严的葬礼，然后，杂耍结束了！我甚至会说，因他而起的、你时常会感到的愤怒，它们的存在就是为了让他能听到这样的讯息：自己还活着，你难道不该心怀感恩？你还想要多少？"

"啊，是呀，那我还真没想到。"第一个说话的人惶恐地回答。

人们就是这么议论他，但是当我走在他的身后时，心里一直想的却是,之前竟没有人能说出,他通过一些常见的卑鄙的行径已经获得了在看台上就座的权利。所以我不停地说服自己,让自己相信我只是借用他特赦的一点光,来照亮自己寻找座位的路,它变得就像是在一个十字路口一样。

他从几个政府高官的身边经过(从他们的套装上能看出这一点),他们每个人都依次拍抚了一下他女儿的脸颊。

"那个人负责我们的报纸,"他笑着告诉女儿,"还有那个,他是我们的外交部部长。"也许他本可以给孩子展示她的新玩具。

至少,那是我的印象。他说每件事的时候都透着一股子高高在上的悠闲——那种高高在上是缘于一个人早已知道自己是不朽的,他可以俯视,可以去评论这世间的俗事。

"谁职位更高呢,外交部部长还是内务部部长?"随着这两个人走远,小姑娘问道。

我试着跟上去,想听听答案。

"哎呀,这个怎么比呢?内政事务显然是最重要的。"

"但是外国的更吸引人!"小姑娘抗议。

他大笑。

"你是说裙子吗?"他问道,"那可说对了。"

我们现在几乎就是在大看台的下面了。安全检查要比上一次我们经历的严格得多。

我再次从衣袋中取出请帖，走到关卡前。不知为什么，我能感到来自耳朵里面的一声咕哝。

"身份证明！"

"哦，当然，抱歉。"

再往前几码的地方，全然一派不同的景象。到处是寻找座位的外交官，来自国外的代表，还有来自电台的那些拿着相机的工作人员。

我快步走过这几码。我感觉自己浑身上下都带着心烦意乱的样子，尤其是脸上的表情，或者更准确地说，那微笑，刚才我的脸上一定还带着微笑。有人指给我通往C1站台的通道，可我转眼又忘了，直到又有一个人告诉我。很快，其他宾客都陆续到来，不停地有人碰撞着我的左肩和右肩。

他是怎么得到那些的？有那么一刻，我感到这个问题正从每个警来的眼神中向我抛来，很快地，我又感觉它只是在我自己的脑海中。所有的一切都被压制在这集体欢快的氛围之下，就像好大的一份酱汁一下子都倒了出来，以至于你已经分不清到底什么味道了。就像此时的我们。我们怎么来到这里的，已经毫不重要。说到底，我们走的是一样的路。这条路把我们引到这里。来到权力的脚下，天堂的光辉下，奥林匹斯山的脚下！

一双水汪汪的眼睛在偷偷看着我，在我看来，那眼神中充满敌意。也许我的出现妨碍他们去享受那份马上到来的喜悦。如此普通的一个人被推荐到这里来做什么？所以，他就去上级那里告密，好，所以他就去告发某人，就是这样。但是，他来得也太快了！如果不是这样，那么一半的阿尔巴尼亚人……

可是，那双泪汪汪的眼睛里的憎恶很快就消散了。对面看台上，军乐队还在演奏，激昂澎湃的进行曲砰砰地响着。那些旗帜开始在风中欢快地摆动，就像它们也知道快到十点钟了一样。我看到了TH. D.，有那么几次，他消失在我的视野中。也许是因为他要去更远一点的地方，大概是走到看台B那儿，甚至可能到看台A那里……

# 8

在我的大脑中总有种奇怪的茫然。也许是因为如此接近权势而引发的异常兴奋。那些旗帜还有高奏进行曲的军乐队都有自己的目标。它们都有各自的作用。

如果不是喉咙里感到一种葬礼般的味道，我也完全陶醉其中了。那是苏珊娜的葬礼。就在我获准来到大看台的同时，我也失去了苏珊娜。这鲜花和音乐还有威严的猩红色布帘,都正好映衬了她的逝去。她所做的牺牲……

>哦,父亲,听听我要说的话吧!她祈求着
>尽管她感到自己的年轻和无辜
>她的呜咽和哭喊不能融化
>男人们那准备开战的冷酷的心

这些天,我一直在读阿伽门农的女儿牺牲那一段,在我的脑海中,挥之不去。节日的喧闹声,军乐队的演奏,还有红色条幅上的标语,都没有让它在我的脑海消失,它们实际上让我更清楚地记起它。两千八百年前,一大群人——就像今天这样的一大群人,朝着大看台走去——向那个祭台集合,那祭台大概也像今天一样,覆盖着猩红的布帘。

你们为什么那么匆忙——发生什么事了?——你还不知道?——他们说今天要拿阿伽门农的女儿来献祭——

传言带来的影响就是,几天来奥利斯的军队流言四起。事实是,风还是没有停下来,海水还是吐着白沫,冲刷着岸边抛锚的泊船。尽管天气如此,但是在听到推迟向特洛伊进发的理由时,大多数人还是茫然不解。只是因为风大,还是什么别的原因？我们已经做到了让风转向，而且已经足够有利。如果领袖们还在因为什么事情争执不休，就像我之前听人说起的那样，他们干吗不站出来承认呢？

"打扰一下，同志，现在几点了？"

我陷入了沉思，以至于刚才那人碰了碰我的肘部问我时间，一种平常的举动，我感觉马上就像玩偶盒里的小丑一样跳起来了。谁知道那可能会引起什么样的猜疑！

我知道当时一定有人在朝我笑，我就想：现在你们才是精神失常了呢，你们已经忘了这个国家的人民到底是谁！随后我就意识到，我刚才说的那个人正在笑别的人，他那苍老的脸上皱纹横生，就像一枚干瘪的无花果。我不知道是什么吸引我去关注这个人，他一脸的褶皱使整个脸似乎都在挤出一种常人捉摸不透的微笑，像是在表达怀疑，也像某种讽刺。他是苏珊娜爸爸的高级顾问！我才意识到。一年前，我从电视上的一次会议中见过他。当时我的一个同事小声对我说：那是X同志的得力干将。

我细细地观察他，带着我所能集中起来的所有的敌意。他之前是知道还是不知道苏珊娜即将改变对我的心意？他一定已经知道了，因为他是她爸爸最亲近的心腹。也许还要更糟……也许他就是她做出牺牲的教唆者！就像那个希腊军队中的随军占卜师卡尔卡斯……

我的思绪一下子又飞到了古老的奥利斯海港。鼓起的船帆隆隆作响,来来往往的士兵星星点点地散布在海岸上,这都让行动暂缓的氛围明显起来。大多数士兵都梦想着能结束战争,回到家里与妻子爱人团聚。战争很快就要取消的流言给了他们回家的希望——可是很快,就像一个晴天霹雳,传来的消息完全出乎意料。为了让风平息,阿伽门农,那个总指挥官,打算用自己的女儿献祭!

他们中的大多数人不能相信自己的耳朵。舰队指挥官的支持者们不能相信这点,因为这只能让他们更加痛苦。这样的牺牲真的有必要吗?阿伽门农的反对者们不相信这一点——他们不愿接受这位指挥官竟能做出这么大的牺牲。还有那些只是希望这场战争能够终止的人们,他们也不愿去相信。

不,那样的事情简直就是不可能的。那是世上最痛苦的事情;谁也不愿这样。至于风,经验丰富的老水手已经说过,事情还没有糟糕到需要这么悲惨的方案。不管怎么样,谁能确保这样就能让风平息呢?毕竟,那只是占卜师卡尔卡斯一个人的主意——而且,谁都知道他有多么不可靠。

我快速在人群中找寻苏珊娜爸爸的顾问,可是没有看到他。要是我能在哪个位置找到他,以我现在这么疯狂的情绪,没准会冲到他的面前，大声质问他："那么就是你了，对吧，你给苏珊娜的爸爸出了一个那么变态的主意？说，你为什么那么做？你跟我说，为什么？"

罗伯特·格雷夫斯的书中详细描写了卡尔卡斯的一些事情。古老的资料中提到，他的个性令人费解。人们所知道的是，他是个特洛伊人，被国王普里阿摩斯派去执行特别任务，暗中在希腊战争中采取破坏活动。可他最终投向了另一方，成了一个变节者。所以，你不禁要问，他是否真的变节了，还是他对新领袖的忠诚只不过是一种战略上的掩饰？同样可能的是，就像在这种情形下经常发生的，在战争中面临无数的窘境，看不到战争结束的曙光，卡尔卡斯最终选择成为双面特工。

他提议用阿伽门农的女儿来祭祀，这不会是他职业生涯中的关键一步(我们不要忘了他的言语，就像任何一个叛徒所说的话，是很容易让人怀疑的)。如果他仍在暗中听命于普里阿摩斯，那么很明显，他会要求用指挥官的女儿来献祭，在狂躁的希腊人中激起更深的争端和仇恨。但是，如果他真心投靠了希腊这边，问题就来了，他是否真的相信这场献祭能平息风势(或者别的：愤怒或纷争)，舰队也能就此出海呢？

不管他是什么样的人，一个真正的或是假装的变节者，一个善于煽动的特工或是一个双重的间谍，他的建议都太疯狂了，疯狂到愚蠢至极。一个占卜者，尤其在这种时候，一定有很多的敌人在等着利用他那哪怕是最微小的疏忽来对付他。所以，如果他向阿伽门农提出建议，他应该很清楚，自己最后会彻底失败。

更合情合理的还有一种解释，就是卡尔卡斯从未说过什么，祭祀的主意是阿伽门农自己想出来的，原因只有他自己清楚。他早就明白，事后可以轻易地将一切推到卡尔卡斯身上，为他在开明人士眼中的罪行辩护，最终掩盖它真正的动机。在舰队准备出海的时候，不再去理会狂虐的海风等其他的事情，这也是完全可能的，就像这场献祭，事先不是也没人解释一个字吗？

奥利斯港的士兵和人民已经在这里聚集，祭坛早就搭好了。为了避免太多的人蜂拥而至，也许请帖都已经发出去了。每个即将出席的人，想必都有这样的疑问：这是什么祭祀？为什么祭祀呀？这么明显的问题没有答案，只会让人们的焦虑和恐惧加深十倍。

不，卡尔卡斯之前根本没提什么建议。他的预言似乎太让人怀疑了，也太不择手段了。可如果那样的话，为什么祭祀的主意还像顿悟一样从阿伽门农的脑袋里冒出来呢？

来观看的人成群地涌向这里，好像海岸上层层叠叠的带着节奏的波痕，人们向前挤着，要么是为了找个最好的观看地点，要么是涌向看台中心，那是最高领袖就座的地方。

我不知不觉地向前移动着步子，和他们一样想找到最后观看的地方，这时我看到了苏珊娜。她在C2区，比我的位置低了一些，她和其他高层的子女们坐在一起。

她脸色看起来有些苍白，我能猜出她此时的漠然，在某种程度上，是从她脸部侧面的轮廓看出来的，还有就是那闪闪发光的梳子还插在她浓密的发间。此刻，她正茫然地盯着军乐队的方向。

为什么他们要让你去牺牲，苏珊娜？我在心里默默地问她，默默地伤心。他们想让你平息什么样的风暴？

有那么一刻，我感到自己像完全空了一样，被一种空虚感牢牢抓住，这么多的疑问让我疲惫不堪，我真想知道：我要不要继续这么类比下去？那不是更简单了吗？当一场正式订婚即将来临，一个女人自然会从风流韵事中抽身。我就成了受害者，毕竟，改变心意是最寻常的一件事情。既然这样，我是不是就不必苦苦思索来为自己的挫败加点悲剧性的内容呢？

我已经理解了牺牲的含义，并且还用它在原有依据之上展开了进一步的类比。我不过是一个资历尚浅的诗人，费了好些力气才想出了这么一个比喻，然后还信以为真，在一个如沙子一样不牢固的基础上,创造出了完整无缺的诗歌作品。

我以前从未想过这种突然领悟到的苏珊娜与伊菲革涅亚的相似之处——只是那些每天在人们的脑海中闪过千万次的随意的一闪而过的启示中的一个——能在我的心中扎下根来,最终发展成现在这个规模。对我而言,已经完全确定的是,如果再从广播中、从电视中,或在剧院里听到广播员介绍"阿伽门农的女儿,苏珊娜",我再也不会眨一下眼睛。尽管如此,她们之间的等同让我立刻看到了这个古老神话全新的一面,那是从苏珊娜和她爸爸目前的境遇中看到的。它重新阐释了阿伽门农和其他领袖的关系,他们之间权力的纷争,权位的退路,他们身处地位的动机,他们惩戒性的处罚,他们恐怖的行径……

有那么一会儿,我似乎抱定决心甩掉一个对我而言过于沉重的包袱,集中全力让整个事情不再戏剧化。可是突然间,我大脑中那个运转正常的机器一下子失灵了,铿锵碰撞的齿轮,一下子又开始了倒转。一声巨大的、无畏的"不"把我整个人控制了。

不,不会那么简单的!的确,我处在绳子的末端,我不停地甩动着,可是尽管这样,我也绝对确信事情没那么简单。并不完全是因为"祭祀"这个词或是格雷夫斯的书在我的脑袋里埋下了类比的种子。是别的东西,是一些因为重重的迷雾让我看不清楚的东西，但是我能感觉到它们就在附近。它一定就在这里，就在众目睽睽之下，我需要做的就是扯掉遮住我视线的面纱……斯大林不是牺牲了自己的儿子雅可夫……为了……最终能说他自己的儿子……不得不承受相同的命运……相同的死亡……就像任何一个俄国士兵一样吗？还有，两千八百年前的阿伽门农打算说些什么呢？苏珊娜的爸爸现在又打算说什么呢？

她的头在其他两个人的肩膀之间晃来晃去，看着看着，我的思绪被打乱了。不知为什么，我们第一次见面时的记忆一下子涌上心头。流着血的女孩的肖像……它就这样最终定格在我记忆中……那是晚秋的一个下午。我们在沙发上第一次亲吻，然后她悠悠地看着我，非常冷静地对我说：我爱你。她一直试探性地盯着我，好像在核实我已经明白了她的心意。她需要的只是一种来自我这里的讯息，对于她说过的话，让我提供一种验证，当时我的反应——十分迟缓，因为我有些吃惊，胜利竟然这么轻易就得到了——"躺下来怎么样？"她立刻站起身，还是那么沉着地，就像她刚才说话时一样，她脱光了衣服。

我也依次地跟着她的动作。当她脱去长裙时，露出了她的蕾丝内衣，她褪去连裤袜时，我看到了她雪白的双腿。我从沙发上站起来，轻轻地吻着她，就好像她在梦游时一样小心，我把她的一缕头发紧贴在我右侧的脸颊上。我喜欢高价的女人……我喃喃地说，不知道当时或自那时起，"高价的"是不是指的是她那西式的内衣，她那装饰头发的昂贵的梳子，或是那种轻易和简单，她正是这样把自己献给了我。

在沙发上，她一点也没有反抗。她已经脱去了最后一件内衣，如果不是突然的一下隐秘的震颤，一下子将我们两个人分开，将要发生的一切，应该像绘出的幻境一样完美。她之前的渴望一下子被相反的情绪代替了，那尴尬和紧张，她尽力却又掩饰不住。

"怎么了，苏珊娜？"我问她，此时我还在喘着粗气。

她没有回答。可是我猜到了，一种像保险栓的东西已经在她心中的某个地方启动，并且将她锁在了里面，那么，我想我全明白了。当她脱口而出时，我还是吃了一惊，她坦白说道："我是个处女。"

我们什么都没说，就那么在沙发上躺了好久。然后，一丝微笑，更像是一抹喜色泛上了她的脸颊，她对我说："那也没什么好的，是吗？"

我不知该说什么，可她又来了一句："那就是我之所以没有事先告诉你的原因。"

我不知该如何回应她，大概是因为，当幸福确定会出现的时候，总是会被悲伤的光辉环绕着。这次的欢愉，就在刚才还觉得是唾手可得的，现在看来，却如军队中的功绩一般来之不易。我求你了，苏珊娜，不要让我毁掉！我在心里默默地祷告。

## 9

军乐队的演奏突然停了下来，喇叭里响起雷鸣般的掌声，所有的人都转头向中央看台望去。领导们都出现在了看台上。从我坐的这个位置，我只能看到他们中的几个。我看不见领袖，或是苏珊娜的爸爸，他此刻也许正站在自己的位置上。从C1看台这边，只能看到四个领导人的头部。他们真的是超级的大人物吗？也许只是绰号的作用吧，据称，那是我一个就职于音教坊司的同事给他们取的——"大亨"。就因为问了一句为什么，他就被判刑到矿区去做苦力，社会主义施行了四十年，政治局的大部分成员还必须是出身于这个国家接受教育最少的阶层。大概是他在一次宴会中所说的一番话。但是有人说，他可能说了些更过分的话，他还声称，19世纪的普里兹伦联盟政府的成员，比起我们现在所接受的教育都要好得多！唉，那可能就是他所说的内容，但是开会时竟没有人说起我们应在何处一致地反击他。和我有关的那个案子也是一样，可能是因为把它在这里公之于众太过危险了，即使是作为涉案的证据。所以，就像那个牵涉到我的案子，他最终被认定有罪，原因是工作上的一个疏忽，听一些西方的伤感音乐，讽刺劳动人民……

全新的人类是党最大的胜利……超过最著名的胜利……世界上最幸福的乐土……没有债务，没有税收……只有这样的国家！

我几乎没去听那糟糕的死气沉沉的开幕词。那些毫无希望的、不可救药的陈词滥调，我都已经听了千万次了，这种东西我从来都是左耳朵听右耳朵冒。现在的这些口号，就像木偶主人手中投出的影子一样，将那些在他们的帮助下击垮的人，再次鼓动起来。你只能睁开眼睛，到处去找寻那些口号、标志，还有画像，它们简直就是要让一些人毁灭。比如，宪法禁止使用任何国外资源，使用任何国外的物资(就是说，我们所缺少的)。

比起一个技术检验员，我们音教坊司门的同事已经够幸运的了。那个年轻人之前偷偷地享用了点高层人士或是他们子女专用的东西，比如别墅或是出国旅行。有一次，他们没有因为之前所说的话公开受到谴责，而是因为别的事情，比如他自由的恋爱观(仅这一点就足以让他丢了工作)。同时，有人当场发现他和一个外国游客说话，正是这件事让他进去了。在审判期间，尽管已经身处困境，他还是坚持自己的立场(很多人都这么说)，坚称"朝廷"还像以前一样，只是比以前还要变本加厉，他指控领导阶层把黄金和宝石转移到国外的银行，就像他们还生活在佐格王朝一样，干着暗杀的行径，还有其他阴险的伎俩。他没有宽恕一个灵魂，甚至领袖，对他妻子尤其苛刻，他认为，妻子才是自己丈夫罪行真正的鼓动者，一个真正的麦克白夫人——穷乡僻壤的麦克白夫人。他被判十五年的监禁，可他所犯的罪行根本不到该判十五年的罪行的四分之一。人们说，在铬矿区有很深的矿坑，普通的犯人经常在矿坑周围无意间碰到一些政治犯。这就是最后的结局：出于宽大处理最终慢慢地死去，从春到秋，从夏到冬，一年一年地，而这都残忍地归结于某次只是几秒钟的莽撞行事。

领导层的特权尤其是他们子女的特权是我和叔叔经常争论的话题之一。可是，它又不像我们争论的其他话题，在这方面的争论并不会让他暴怒。虽然他从不会承认，但是他本人在享受特权的时候大概也是心神不宁的。在我遇见苏珊娜的那天，我和他在这个问题上的争论就停止了。她让我着迷。关于高层子女的传言只是听起来毫无根据的小道传闻？还是苏珊娜与他们是不一样的呢？我很快就明白，后一个假设是正确的。从各个方面来看，苏珊娜都与他们是不一样的。

那就是你被选出来成为祭品的原因，我对自己说。

但是想到这一点的时候，我突然又有了另一个想法，就像一波巨大的浪突然袭来：如果这场献祭只是一场表演呢？如果苏珊娜的单纯和端庄只是表面上的呢？然而实际上，在那高墙后面的官邸中，在别墅中，在私人海滩上，在那通宵的聚会中，她正放荡地纵饮无度，随时与人勾搭滥交？

一阵醋意突然刺痛了我。我难道没有一页一页地去读懂伊菲革涅亚的牺牲还有其他种种事情，最终也不过是一场骗局吗？一次经典的演出设计出来就是要打动大众百姓的。最具特色的就是领导层的策略了。我的苏珊娜整个冬天都在海边的别墅中，一直跳着舞，直到衣服掉落，然后脱光衣服，在沙发上献出自己，满是性欲的呻吟……不！不！除非她死了或是被迫的！

有天下午我把她的叹息和呻吟录在了磁带中，到了深夜，当别人都睡了时，我会把自己关在公寓的厨房中，去听这些声音。听着她的声音，即便没有了当时的动作，也没有了当时的情景，还是让我有了不一样的感触。她的声音平缓却那么有渗透力，满满的都是呼吸的声音和一段段的空白。街道上传来的声音——警察的口哨声，远处汽车的鸣笛声——增添了它的空间感，好像夏夜的流星在不经意间划破无垠的天际。

我将这盘磁带倒回，再一遍遍地播放，这样已经不知多少次了，可是那种空间上的虚无感不但没有减少，反而在逐渐增强。我觉得自己好像在一个遥远的地方，与她失去了联系。有的时候，就好像她被埋在地下，而我正在倾听她从坟墓中对我倾诉的哀怨；还有的时候，我成了那个埋在地下的人，可我仍然能听到透过黄土传来的她的悲叹，她在悲叹外面世界中的喧闹。

## 10

铜管和鼓乐突然奏响，真是吓了我一跳。这是游行开始了。

还是我们在电视里看过多少次的老一套。体操运动员组成的方阵还举着跳跃的撑杆，装饰着彩旗、花束和花冠。然后就是男女运动员组成的不同色彩的小方队。接下来是工人代表团，钢铁工人领头，和往届一样，后面跟着煤矿工人、纺织工人、商店店员、文化工作者，然后是社区团体、学校组织，等等……巨幅的政治局成员的画像举过来了，在所有人的头顶上生硬地上下晃动着。我紧紧地盯着其中的一幅，苏珊娜爸爸的画像。他为什么要让他的女儿在着装上改变？在结交的人上改变？这是什么信息？这象征着什么？

如果他是出于恐惧而采取那样的行动，或者是他怀疑他那稳固的地位就要失去了，那就极其容易理解了。可是他不像在走下坡路。相反，看起来他在一天天地高升。正是那样的高升，格外招致了这个词"牺牲"，而且也指明了苏珊娜未来的改变。

他的画像现在几乎就在大看台的正前方。这是第十次了，我在心里呼喊着："这是什么信息？"

几年前，可怕的反对文化自由运动就是那么开始的，开始只是很小的行动，几乎感觉不到。从卢什涅省来了一封信件，信中诋毁广播服务歌唱比赛中女演员所穿的裙子。伴着诡秘的嘲笑和暗讽的评论，信件从音教坊司一直传到了广播服务处的一个助理主任那里（女演员的裙子有些过长还引起一些人生气。那是因为那些乡巴佬还生活在上个世纪！他们看什么都别扭。你怎么都不会认为这是在和他们对立……除非这是捏造出来的）。那个助理主任的想法大体上也和他们一样，他将信件交给广播社的领导看，而他这么做，更多是出于一种好奇，而不是因为他把这事多么认真地对待。那个领导，因为天生胆小，对此事不敢大笑，也没有将它小题大做。他只是说："这样的事情一定要小心处理，有时候他们会让你吃不了兜着走。"这番话立刻让那个助理主任警醒了。直到后来他们和广播总局的局长本人——大老板，我们都那么称呼他——喝了几天的咖啡，也就是从那时起,局长中断了一直以来对此事哄笑的状况,开始调查那封"著名的卢什涅信件",助理主任感到自己身上的那块石头终于卸了下去。

一起喝咖啡的时候,他们都开心大笑:广播总局的局长、党组秘书,还有那个战战兢兢的广播社领导。

没过多久,笑声就在他们的嗓子中卡住了。一周之后,大老板本人接到了一个电话,是中央委员会的分设机构打来的,询问那封信件的事。为什么没有人给他们一个回复?广播总局局长强硬地抗议:广播服务社没有义务对寄到社里的每一封信函都绝对执行,尤其是那么愚蠢的一封!

每个人都听说了所发生的事情,包括那些不怎么拥戴大老板的下属,还有那些得知他受到批评而窃喜的人,大家突然一致认为,他这么做是对的,都觉得他们的确已经受够了那些基层的来信。

可是,几天之后,广播总局局长就被召去参加中央委员会的一个会议,回到办公室的时候愁眉苦脸。当天下午,他又被叫去开会。党组秘书提醒我们,应该多听听来自基层的意见,然后就开始宣读自己的检讨书。广播总局局长随后也发言了,很简短,强调如果不尊重大众看法的真正价值,将会导致致命的错误,之后他也(这一点可真是史无前例)宣读了自己的检讨书,主要是关于处理卢什涅信件的问题。

我们广播服务社的所有同事都觉得这事有点过火了。就在会后不久，在接下来的几天里，我们都在议论，是不是有必要因为这么点小事让广播总局局长的尊严受损。我们都觉得这样是不合适的。这么说的原因还有一点，大老板本人就是中央委员会的成员，在这个问题上，毕竟，他这么做不过是想维护广播服务社的利益。

刚才说过，除了因为这事感到气愤，我们都（也许也包括大老板本人）多少感到有些宽慰。因为那意味着，有人希望杀杀局长的威风（那是我们对这次事态进展的理解），现在看来是目的达到了。这一切，仅需从印刷在墙上的标语中抄袭得来的两三句精选的措辞（一切方法要从群众那里学得！保持单纯！等类似的语句），就可以让事件按预期完结。自我检讨真是一个不可思议的解救方案。

我们都没有想到的是，从始至终我们可能都弄错了。一周之后，党组会议结束了，会上我们被告知，大老板还有我们其他的领导重读了他们的检讨书，在那次会议之后，更让人揪心和感到压抑的是，我们接到通知，要召开全体职工大会。还是关于那件没完没了的事情——真是不敢相信——你能想象吗？再把事件审核一遍，当着所有人的面。

这次开会的目的竟然真的如我们之前猜想的一样。中央委员会的一个代表出席了会议，他用锐利的眼神逐个打量着在场的每一个人。

"我的感觉就是，同志们，你们把这件事处理得有些过于草率。你们以为几个流于形式的自我检讨就能解决问题，而不必去深究问题的原因还有罪恶的根源。但是我们的党，绝不会那么轻易地就被骗过！"

大老板的眼睑下垂，一副疲倦的样子。我们所有的人也都一脸疲倦。因为，那不过是接下来我们要参加的一连串会议的开始，就像天主教的十四处苦路。我们一路走下来，将再也认不出从前的自己，皮开肉绽，遍体鳞伤，我们的身体将永远留下这些印记。

我们起初的议论，该不该尊重广播总局局长的权威，该不该害怕冒犯他，等等——现在看来，都成为过往了！如今局势变了，我们现在最应该考虑的是，尽快躲避这场狂暴的冰雹，因为它可能会落在我们每个人的头上。每个新的一天都给人的心性带来完全意外的变化。在周一还是荒谬的、无法想象的、完全不可能的事情，到了周二竟然就是完全正常的了，当它开始迅速地侵蚀掉另一个的时候，一个更加可怕的阻碍又来了。

第一个得到报应的是广播社领导。他试图为自己辩护，坚称他至少在一定程度上对那封卢什涅信件是担心的（的确也是这样)。他不是说过"那样的事情你一定要小心处理,有时候他们会让你吃不了兜着走"吗?可就是那番话决定了他的命运。

"既然你担心那件事情,为什么没有提出来,嗯?是不想惹你上司生气吧?是你的奴性在作祟吧?还是什么更见不得人的?快说,同志!扪心自问!你比你那些没头没脑的同事更危险。你明明看见恶魔在盯着你,竟然装作没有看见!"

之后广播社领导就遭到了流放,先是去了乡下,然后去了矿区,我们大多数人都觉得,既然替罪羊找到了,暴风雨总该过去了。事情根本不是那样。我们还是以原来那种累垮人的节奏被召去开会。最糟糕的是,以前那些似是而非的想法,我们竟然开始习惯了,一天前那种隐隐的不祥之感竟然看起来合情合理了。在每一个洞底,就在我们脚下,另一个深洞又敞开了,我们都想:哦!不!不能更深了!已经到了极限了,事情已经够糟糕了!可是到了第二天,那糟糕的事情,竟然再没人觉得大惊小怪了。比这还要可怕的是,原来摇摆不定的意向,竟开始努力为它寻找一个正当的理由。

每天我们都感觉集体罪行的齿轮正在将我们推向更深的地方。我们不得不表明立场,不得不去告发别人,去抹黑别人——先是对我们自己,然后对所有人。真是一个恶魔般的机制,一旦你诋毁自己,就很容易玷污你周围的一切。度过的每一天、每一刻，都是在将更多的血肉从道德观念上剥去。思想被堕落之酒麻痹：只感受到自我诋毁带来的快感，集体堕落带来的快感。出卖我吧，兄弟，我绝不会反对，我早已经把你出卖无数次了……集体犯罪的绞索就这么一直紧紧地勒住我们的脖子，越来越紧。

乍看起来，你也许会说，这不过是一个被预谋、被野心，或是被报复的欲望操纵的战争机器。但是仔细看看，你就会发现它要复杂得多。就像一种由很多种物质组成的合金，它含有完全对立的成分：有残酷也有同情，忏悔中夹杂着因未受攻击而感到的无限喜悦——它几乎是在瞬间就被恐惧代替，因为迷信地认为，这样的运气早晚会付出代价。这完全不相干或是没有逻辑而言的想法，只是让人们更相信宿命罢了。即使那些克制自己不去参与集体发疯的人，也因此受到波及。他们激起一种异乎寻常的悲悯，从表面上看就是某种愤恨。可怜的家伙！可是，从另一个角度看，他们也是活该，他们那么轻率地就认为自己可以轻而易举地躲过惩罚……那些歇斯底里的人倒下了——在指控的时候他们喊得比谁都响，他们曾呼吁要用最重的惩罚。他们的倒台让一大批人心满意足。罪有应得！凡事都有报应……锋芒还指向那些固执己见的人，他们一开始拒绝写检讨；可是那形势，虽说没有更严峻，也足以迫使他们赶忙忏悔自己的罪孽，来为自己做出不利的证明。

谁也不可能知道更好的方法是什么——缩在自己的壳里还是出来搏一场；成为出头鸟，还是就站在队伍里；成为一个党员还是什么党都不加入。就像在一场地震中，人们四散逃命想要找到一个避难之所，可是看起来牢固的屋子和摇摇晃晃的屋子都可能在顷刻之间倒塌。一切都在转变，没有什么东西能静止不动，这种彻底的动荡影响着人们的思想和行动。理智被投入一片混乱之中，一时兴起的抵抗也最终消失得无影无踪，还有任何反抗的念头亦是如此。竟然没有人敢去问一声这是怎么了或是为什么。你也不会感到一丝的愤怒，就像你不会想着去抱怨电闪雷鸣一样。

计划是不是就要我们分崩离析，就要摧毁我们，这样我们唯一的政权才会稳固，就像无法接近、不可触摸的宿命一样？或者还是有什么神秘的大环境的烘托，才让这场风暴肆虐横行？这场狂风的力量，这种不知来自哪个方向的吹法，还有你全然不知它会摧毁什么的恣意，都无疑引发了民众的恐惧。十分明显的就是，它还引发了人们对于当权者的崇拜。

会议开了一个又一个，我们变了形的灵魂和一落千丈的品行，全都变得错乱了。我一个在法院工作的朋友告诉我，类似的衰落也经常发生在单独监禁的囚犯身上，尤其是在第一阶段的调查期间。我们当然可以走出去，走到外面嘈杂的人群中，可我们感到的孤立就像被拘禁在四面是墙的牢房中。甚至比这还要孤独。

直到现在，那封来自卢什涅的信件，就像一个很久远的征兆，被认为是预示一场即将到来的灾难，如今看来已经遥远而又不太可能发生了。那封信现在哪里去了？在哪里的书架上？在哪里的档案室中封存？那条因稍稍过长而招来这封致命信件的裙子，如今又挂在哪里的衣柜中？

如果在几天前——整整一个时代之前——有人说，在喝咖啡的时候，那封信引发了广播总局局长一番戏谑之言，会让他付出失去职位的代价，我们会捧腹大笑。但是那天到来的时候，竟没有人觉得有什么奇怪。所有人倒是都觉得终于松了口气。疖子这么久终于被切掉了。它的治愈将为我们所有人带来安宁，至少对局长本人是这样。的确，对于一个中央委员会的成员而言，受到处罚一样会让他威风扫地。大老板被调任到一个名为N的小镇，去管理地方事务。当一切尘埃落定的时候，人们都认为，这对于他已经是不错的处理。他还是可以坐着小汽车。当然，只是辆破旧的老爷车。但老爷车也是汽车嘛——总比被终日的焦虑毁掉要好得多。

当然，你可以去看那令人高兴的一面。是的，这场风暴终于从广播服务社慢慢散去了,如今,正在猛烈地席卷文化生活领域的其他部门。据说,大量被授意的错误思想正在将凶残的魔爪伸向每个地方——作家艺术家协会、书籍报刊领域、电影制作领域……

## 11

军乐队的节奏此刻正跟着我的思路。有那么一会儿,我还以为乐队演奏停止了,可不久又震耳欲聋地响了起来。其实,演奏从未中断过。只是我自己在那么想,也许是在音乐声中我走了神的结果,只顾着去想当时发生在广播服务社的那些事情了。我一定是不知不觉间融入了音乐,那阵阵猛烈的、不祥的锣鼓喧天,一下子让我停滞在了过去那段痛苦记忆带来的恐惧中。

那场被他们定为右倾言论的风暴卷走了作家、部长、电影工作者、高层公务员,还有戏剧工作者。在这场普遍的混乱中,经常是最先出现"文化事务上的右倾"这样的表述,紧随其后的是更具凶兆的说法——"反党集团"。

比起首都正在发生的一切,广播总局前任局长所在的N小镇,这里的形势——我们大多数人原来还以为是十分贬低身份的——如今看来,就是田园诗一般的地方。只需管理一些房屋油漆匠、厕所修理工,还有一些游泳池的维护工!与处在风暴漩涡中的地区相比,比如现在的思想文化领域,这里简直就是宁静的绿洲。想必一定有人在暗暗地羡慕他……

可那种宁静也没有维持多久。因为在这里,整个地区的各项事务全由那位广播总局前局长管辖,一天,一个代表出现在N小镇,来参加这里的基层党代会。

"鉴于最近的一些事件,现在你对党有什么要说的?"

他剩下的所有东西,在那次会上也都失去了:中央委员会成员的身份、他的党员证、地方负责人的头衔,还有他的公务用车——不是长的那种。第二天早上,他作为一名市政工人出来工作,穿着一条破旧的粗棉裤子,戴着一顶纸帽子,那种房屋油漆工戴着防止头发溅上白石灰水的帽子,也许他认为自己当时已经跌到底了。没人知道他真正的感受,因为从那天起,谁也没有再和他说过话。他有几周会充当房屋粉刷匠,隔个几周还要为部门厕所铺瓷砖,就那么默默无闻地工作,戴着一顶污渍斑斑的帽子。

最后,在一天里稍晚些的时候,那一桶一桶的白石灰水,一片接一片的白瓷砖,尤其是成为一个沉默的无名之辈,所带来的安宁或是沉闷的平静,才可能来到他的身边。所以,当半夜他们来逮捕他时，那阵敲门声一定让他震惊。就在他认为自己已经跌到绝境之底不会再下降的时候，他不得不意识到自己将继续往下跌。

"为什么"的疑问——这个自从开始下跌就困扰他的可恶的疑问，就在他们给他上了手铐那天——终于要彻底解开了。

但是，没有答案。的确，在调查期间，当他一个人躺在监狱的牢房中时，他发现，想弄明白到底是什么竟然越来越难。直到那天他被宣判，听到庄重地宣布：十五年。

当所有这一切都结束之后，他想必应该感到轻松了。现在终于是那种确定的轻松感。再没有什么能威胁到它，那感觉简直就是极大的幸福……因为铬矿区那黑暗的、深深的、不可名状的洞穴，他可能并不了解。在半明半暗中，一只陌生的大手一把将他推了下去，他根本没有时间去思考。这次的跌落短暂得没有留给他一点时间去提出疑问，去进退两难，或是遗憾后悔。也许他是尖叫着离开这个世界的，但那也仅仅是出于一种本能，就像我们在落井时为了阻止自己下降想要抓住井壁而做出徒劳的尝试一样。但是他在跌落时那不顾一切地用胳膊拍打的样子，那模糊、本能的对于往昔的回忆，是任何人都看不到的。也许正是因为没有人目睹这一切，才使他的跌落显得不是那么真实，更像一个与坠落地狱有关的古老传说。

可是你在哪里能找到老鹰带你飞回上面呢？即使你能找到一只鸟来驮你，等到再看见你的时候，恐怕你也只剩下干枯的骨头了。

## 12

乐队继续敲敲打打地演奏着欢快的曲子。矿工方阵塑料的头盔使他们看起来就像一个个矮人，他们此刻正从看台正前方走过。我想，也许他们就来自铬矿区。我曾经那么多次地尝试要把那个故事从我的脑海中擦去，但它就像着了魔一样，去了又回。和很多人一样，我曾经上百次甚至上千次地想知道，那封臭名昭著的信件是不是真的来自卢什涅省，还是它分明是在别的地方写成，然后被小心地放进哪个邮筒里，那种邮筒你随便在任何一个街角都能找到。

文化领域的大清洗完成之后不久，军队中的整肃就开始了，开始也是同样的方式。人们普遍认为它始于一场坦克演习，此事直接由委员会相邻的几个办公室负责。另一方面，发生在工业部门的一场清洗运动，起因是几块矿石——矿石透着可疑的微光，暴露出有人阴谋破坏的迹象。有人最终设法追踪到了另外的几块，它们就像演员的裙子以及军事训练的预演一样，导致一个又一个人被装进了棺材，而这都起源于中央委员会。

"快停下来！"我一遍又一遍地命令自己。我不想再去回忆往事，我只想感应自己的悲伤。可是那些一样的旧思想不停地在我的脑袋里飞来飞去。那条裙子，军事训练，可疑的矿石……如果不是从远处的什么地方来的光，它里面能有什么会发光呢？

各行各业都在演练着我们会议室里发生的事情，它的规模开始变大，已经扩展到全国范围。士兵们把文艺工作者的晚会节目视为笑料，他们看着看着，就会幸灾乐祸地搓着手(那些自由惯了的家伙就是活该！他们养尊处优太久了！该轮到他们受罪了！)，像芦苇在暴风雨袭来时一样地狂乱摇摆。后来，是工人们，之前他们还因为军人们愚蠢的自信而洋洋得意，如今也遭遇了同样的命运。之后，其他部门的工人们在焦急地等待早些轮到自己的时候，便开始了一轮又一轮对自己讽刺性的评论。

就像同一种病症接二连三地发作一样，往日那熟悉的印象如今再次出现：人们情绪失控，开始崩溃，接着他们试图去为自己辩解，辩解当初为什么没有勇气，然后他们开始屈服，对那些受害者置之不理。无风不起浪！别人怎么不受到这么严厉的惩罚？！直言不讳地说，在药房里，你绝不会买到安定药(仅买一盒药片就会被人怀疑)。夫妇分道扬镳,人们抑郁消沉,精神崩溃。

所有的一切都好像被布置在一幅早有征兆的三联画中,分别题为《长裙静物写生》《军事地图》,以及《矿石块》。可是画布上还有剩余的地方——是为苏珊娜留的……

我在无数人的肩膀中搜寻,直到发现了我要找的人。我亲爱的人,危险的情人,你代表哪个星座呢?我喃喃自语。

现在想想,要是那一切都发生在大清洗之前,发生在久远年代中的什么人身上,如果他认为一位高级领导人的女儿改变自己的着装风格可能预示着一场政治风暴的到来,如果结果是他查阅了一些与古典神学有关的书,想要找出那些老天才知道的骇人听闻的对比,那么,那个人很可能会被当作疯子,或是什么歇斯底里的煽动者,火上浇油,想让平淡的生活比实际更加戏剧化。

然而,大清洗运动实实在在地发生了。即便它们在人们的记忆中已经慢慢淡化,但是那些运动,就像浩瀚的河流,凡是它们泛滥过的地方,都有流淌过的痕迹,在我们每个人的身上留下一层泥。所以它通过一种暗示,那是我们在过去的日子里不曾留意的,让我们的心里、脑海里一下子充满恐惧。最细微的迹象都可能会唤醒蛰伏的鬼魂,再次跳起死亡之舞,让我们迷信地警觉那些象征,让我们永远处于警戒状态,又开始轮番地猜疑，有不祥的预感，年代久远的噩梦又回来了。

格雷夫斯的书，或是苏珊娜的爸爸是这个国家领导层中的重要人物，或是其他碰巧类似的东西，让我想用古老的悲剧来构思一个对比，其实都无关紧要。相似物纯粹取材于几年前发生的真实事件，如今仍像利爪一样残忍地钩着我们。如果这些事件从未发生过，那么，苏珊娜宣布她需要改变生活的方式，也不过是一个家境优越的年轻女性在打算正式订婚时，通常会在道德层面上的改过自新而已。

传闻开始在看台上的人群中汹涌地传播。什么？发生什么事了？一会儿的工夫我们就听说，在D或B区看台那边，来自东盟国家的外交使节正在离开。自从那个严厉谴责华沙公约的标语第一次出现以来，每年都有同样的事情发生。几分钟以后，一个纤细得像豆秸似的男孩子出现了，他的手中举着一个标语牌，上面赫然写着："第三世界的学说就是反动学说！"

整个看台上的人开始低声地笑起来。

就在那个引起东盟使团离开的标语牌出现在我们所在的看台前时，我的眼睛正茫然地望着其他的几句标语：要像在戒严状态下生活一样！纪律优良，军事过硬，生产高效！

我从眼角看着那些站在我身边的来宾。他们中的哪一个会接着离开看台？因为这一切早就已经定好了，具体在哪一天，在什么时候，他们中的哪个人会从宾客队伍中被驱逐出去……

我转头向D看台望去，试图看一眼Th. D.，因为我猜他会在那里。他的大限快到了吗？还是已经到了，他却没有注意到呢？

那么你呢？我问我自己。你总喜欢去猜别人什么时候会倒台，但是你知道自己还剩多长时间吗？

苏珊娜头上闪闪发光的梳子又让我开始去想她。不，那绝不仅仅是希望能保持她的形象，或是订婚前夕一阵短暂的端庄，或是最高领袖的建议传到了她父亲耳中。矜持一点将会更合适，哪怕就那么一小会儿。最近，关于年轻人所作所为的流言蜚语毕竟太多了。不，我能比凶事预言家还要清晰地看到那一个个的棺材，还有祭坛上行刑者那血淋淋的斧头已经悬在半空。

现在，斯大林的肖像正在向我们这边走来，还时不时地随着队伍中其他举着标语牌的人轻轻摇摆着。那些布满皱纹的眼睛里一下子溢满了沉默的微笑。那么你的儿子雅可夫呢？你为什么把他当成了牺牲品？

我目不转睛地盯着那幅巨大的油漆条幅，它在微风中被吹得鼓鼓的。你的儿子雅可夫，我不停地喃喃自语，也许可以安息了……

早已过时的陈词滥调卷土重来，着实让我感到惊讶，因为它在我们这一代人所学的语言中早已被全部删去了。几十个同样温和而且充满人情味的固定词语，它们总是能让你想起人类处境的不定，也已经同样从日常用语中删除了。比如钟楼、祈祷者，还有蜡烛；与之一起的还有同情、悔悟……主啊，他们已经如此彻底地将一切根除——以至于在通往人类犯罪的路上，已经没有剩下什么阻碍了！

为什么，为什么你要献出你的儿子雅可夫？愿他能够安息……每天，你的陆军元帅都试图让你改变主意。交换战俘是再寻常不过的事情了。在你儿子的身上，这件事可能还要简单。有一点，这也能够让你安心。在目前的形势下，我们每个人的命运都与它息息相关。可你就是拒不让步。不，还是不！当你说，朱加施维里，你到底在想些什么？

苏珊娜爸爸的画像好像排在第十的位置，离斯大林的不远。他似乎在对我说，你永远都不会明白苏珊娜的身上发生改变的原因。也许你能进入她的身体，甚至走进她的心里，但是你永远都弄不明白，她还有什么是她自己都不知道的。

密集排列的队伍一直延展到很远的地方。唯一没有看到的就是阿伽门农的画像。是阿伽门农·麦克阿特鲁斯同志，政治局成员，所有祭祀供奉的大师。作为创立者以及同类中的典范，他也许比任何人都清楚这件事是怎么突然冒出来的，又是什么在操纵着它发展。

## 13

游行似乎快要结束了。按以往的要求，队伍的尾部是由我们文化部门的代表组成：剧团代表，国家芭蕾舞团代表，电视电影制作的代表，以及地拉那大学的代表。当我那些广播服务社的同事走过看台前面的时候，我尽可能地把脸遮起来。在他们之后，是技术控制办公室的代表，化妆办公室的代表，然后是晚间新闻办公室的，他们穿着长长的礼服，好像贞洁的处子……

他们仅用几分钟的时间就走过去了。最后是积极分子组成的方阵，他们高喊着，回应着看台上热烈的掌声，然后就迅速地朝着斯坎德培广场的方向离开了。看台上很快就走空了，远远比你想象的快。受邀的来宾从他们的座位上爬下来，脸上带着一丝丝慌乱的神情，就像从一个期望过高的聚会上离开，或是一场审判，或是一次做爱。我向苏珊娜那边望了几次，可是后来就看不见她了。

我一点一点地随着一群人慢慢移动，最后来到了中央大街，此时炎热的日头让人感到热辣辣的。丝绸花朵和硬纸花束被散落在人行道上。尘土中到处是爆破的还有被踩坏的气球。

巨幅的画像被扔在墙角和栅栏旁边，如今已经没有人愿意再去费什么力把它们举起来。画中人的眼睛斜斜地盯着远处，有的还上下颠倒了。此时最明显的感受是累得浑身是汗，是一种轻松感，也是一种释然。

两千八百年前，希腊的士兵在离开伊菲革涅亚牺牲的场景时，大概也是这样相似的一幕。他们看到祭坛上的鲜血时肯定吓得脸色惨白，在他们的心里，从未想过竟然还裂开了一个大洞。他们一句话也没说，而且他们也没什么好说的，除了那寥寥的几个想法还在他们脑袋里挥之不去。比如，普罗忒西拉奥早已打算争取第一个机会，现在却感觉那样的想法应该只属于那个早已消失的时代。他在军中的同伴伊多墨纽斯早已下定决心，如果他的指挥官敢对他无礼，就定要为他辩护，现在倒觉得那样的想法也太离奇了。同样，安提玛克斯原打算中途溜走去看望未婚妻，这种想法随着他越来越渴望见到她而变得愈发淡然。任何轻松的事情，开心的事情，或者能减缓战争紧张气氛的事情——玩笑，松懈，与随便的女人鬼混——现在都与善行的消失危险地联系起来。如果最高统帅阿伽门农牺牲了自己的女儿，那就意味着他将不会再怜悯任何人。斧头的斧刃上已经沾染了血迹……

突然间，我觉得我想出了答案。这种有了突破的感觉如此强烈，以至于我一动不动地站在那里，闭着眼睛，好像眼前看到的景象能让这终于清晰出现的东西再次模糊起来……雅可夫，愿他得以安息，若不是为了赋予斯大林可以掌控任何人生杀大权的权力，本来可以不必牺牲，正如那个独裁者说过的，他完全可以不必遭遇与其他任何一个俄国士兵相同的命运。这就像伊菲革涅亚赋予了阿伽门农权力一样，可以放纵战争所需的鹰犬。

这与相信牺牲女儿就能平息一直阻止战舰出港的风势那种理念无关，也与声称所有俄国年轻人在死亡面前人人平等的那种道德伦理无关。不，那只不过是专制统治者见利忘义的手段而已。

我知道你同样在追求什么，你想用苏珊娜来做什么……你大概不会让你的刀刃染上温热的血迹，可就算你能让刀斧干净明亮，它也不会因此减去半点的刺眼和残酷。

我也许很早以前就感受到了这一点，自从苏珊娜告诉我她的决定以来，我就已经在一步一步地接近真相。她爸爸的要求看起来毫不过分，但绝不是那么简单。虽然乍一看来很难发现，但它确实可以算作迄今为止做出来的最残忍的牺牲。来自卢什涅的信件，可疑的矿石块，或是那张致命的军事地图，都让一个又一个的人走进了棺材，但是苏珊娜牺牲的后果当然比那些可怕的事件还要凄凉……那成千上万取消的未被披露的晚会还抵不上一堆死尸吗？或是那些有毒的十一月，晚间的会谈会一下子被一种无色无味的气体扼住，让冬天的雪受到玷污，空气中弥漫着馊腐的气息。围绕在泳池边的蓝色长椅变成了没用的摆设，学生聚会开得像馊了的啤酒一样单调，探戈舞没有了节拍，午夜的铜钟在空空的走廊里敲响，在镜子前梳理的头发，还有珠宝，裘皮大衣，花了的妆容……

是的，苏珊娜预言了平常生活中一场无法逆转的贫困。那生活就像贫瘠沙漠中的仙人掌，几乎无法汲取赋予人类活力的仅有的几滴水。

你不过是一剂毒药，一场天灾的前兆！我在心里念着。你改变心意，实际上是那一场场事件的延续，而正是卢什涅省的信件、矿石，还有军事地图引发了这些事件。根本不是卡尔卡斯在秘密地献计献策；不是，连苏珊娜的爸爸大概都不知道为什么他会做出这些事情。其他人，最高领袖，正在打算正式任命他为自己的继承人，一定是他叫他那么做的。"爸爸从来都是很心软的，"苏珊娜曾经向我透漏过，"他绝不会责难我的。"

也许领袖早已洞悉人的本性，因此便找到一种这样的方法：可以选择一把双刃斧。如果你不愿使用染上鲜血的那面，那就使用干净的那面。但是只要我还健在，给我看看你能怎么做,而且现在就做给我看!砍!如果你知道怎样合理地使用它,那干净的一面也可以是这两面中最让人胆战心惊的。

所以从苏珊娜身上可以看到,使用的正是那干净的一面。这个国家,早已被血淋淋的那面斧刃引发的暴行折磨得疲惫不堪,如今又要遭受另一种形式的恐怖行径。

主啊,饶过这个国家,不要让它再这样没有人性了!我在心里呼喊着。不要让它再次遭到毁坏!

那些早已疲倦的积极分子如今四散到各个地方,还能看到他们所举的标语牌随意地摇摆着。更加彻底地革命!学习,劳动,军事训练!

我想,在整个游行期间我都在盯着它看!那些标语就是在过去的几年里被一遍又一遍地重复的。那些准则,应该取代黄昏时分情侣间的叹息,取代阳台上忧郁的时刻、珠宝、舞蹈乐队。劳动生产,军事训练,学习领袖的作品……然而,它们没有将所有正常的生活完全摧毁,这就触发了一场新的运动。

让我们为革命工作、生活、思考……让我们将一切革命……这场旱灾要用多少年来将我们的生活化为一片遍地石头的荒地?一切只是因为,只有民生凋敝、停滞不前,控制起来才得心应手。

我的头就像受到重击一样疼,还是无法控制自己的思绪。

见鬼了,我倒想看看你们怎么去革命一个女人的性行为?你们不得不从这一点入手,如果打算解决好那些基本问题——你们就得从生命之源开始。你们需要修正它的外观,它上面黑色的三角区域,那晶莹闪烁着的线条……让它重新接受教育,把它以往的一切痕迹全都擦去:每一次快感的回忆,几万年来每一段与欢愉有关的印象……

要不是我当时感到十分沮丧,可能都会笑出声来。

"那又怎么样?"我回应着内心的自责,"我错了吗?苏珊娜向我传递的信号已经够清楚了,那才是主要的。然而,被杀的伊菲革涅亚并不是要为被告辩护作证。恰恰相反。"

每件事的发生都和之前发生过的一样,只是,可能还要残忍一些。希腊的战船正在离开奥利斯港口驶向特洛伊,它们将锚一个一个地拖起,在湍急的水面上溅起大团的泥沙。船上的缆绳被一根根地砍断,就像砍断最后的希望。

特洛伊战争已经拉开序幕。

现在,已经没有什么能阻碍我们生命开始凋敝的进程。

地拉那,1985

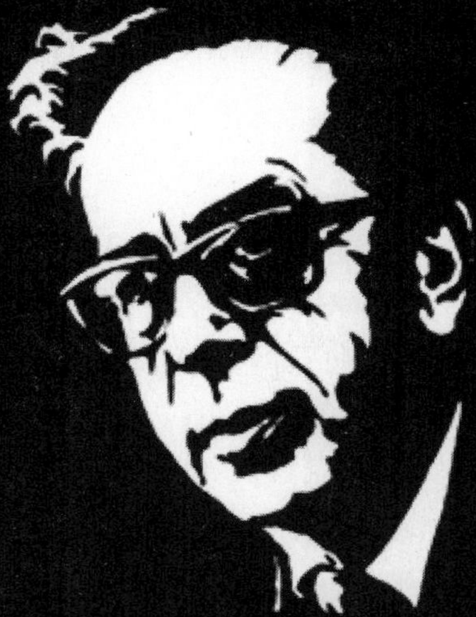

# 目录
CONTENTS

▶卡达莱生平与影像

▶卡达莱作品的出版与评价

▶我们应当如何评价卡达莱这个作家

▶卡达莱访谈:战争中的人性是复杂的

▶卡达莱语录

# 卡达莱
## 生平与影像

年轻时的
卡达莱

伊斯玛伊尔·卡达莱(Ismail Kadare)，阿尔巴尼亚当代著名诗人、小说家。

**1936年** 卡达莱生于阿尔巴尼亚南部城市纪诺卡斯特，童年时代经历了意大利法西斯和纳粹德国对本国的占领，二战结束后先后在地拉那大学和高尔基世界文学学院学习。阿苏关系破裂后，卡达莱于1960年回国当记者，并开始发表诗作。

实习中的卡达莱

**1954年** 他以诗集《青春的热忱》初登文坛，先后创作了《群山为何而沉思默想》《山鹰在高高飞翔》《六十年代》等长诗，在诗坛独领风骚。

**1963年** 他的首部小说《亡军的将领》问世；1970年，该书的法语版

1976年 卡达莱

在法国出版,让卡达莱在法国名声大振。1999年,法国《世界报》将这本书列入"20世纪最好的100本书"。

之后,卡达莱先后完成了《雨鼓》(1970年)、《石头城纪事》(1971年)、《破碎的四月》(1978年)、《梦幻宫殿》(1981年)、《阿伽门农的女儿》(1993年)等代表作品。

**1990年** 因为阿尔巴尼亚政局激烈动荡,卡达莱寻求法国政府的政治庇护,移居巴黎。

**2005年** 卡达莱从加西亚·马尔克斯、君特·格拉斯、米兰·昆德拉、纳吉布·马哈福兹、大江健三郎等享有崇高声誉的国际作家中脱颖而出,获得首届布克国际文学奖(Man Booker International Prize)。布克奖被认为是当代英语小说界的最高奖项,也是世界文坛上影响最大的文学大奖之一。评委会主席约翰·凯

1991年 卡达莱在巴黎街头

里评论道:"伊斯玛伊尔·卡达莱描绘出了完整的文化——包括它的历史,它的热情,它的传说,它的政治和它的灾难。他采用了传统的讲故事的方式进行创作,继承了《荷马史诗》的叙事传统,是一位世界性的作家。"

**2009年** 卡达莱获得了西班牙著名的阿斯图里亚斯亲王奖(Princess of Asturias Awards)。阿斯图里亚斯亲王奖为西班牙最高等级的学院奖,面向全世界奖励在科学、科技、文化等领域有卓著贡献的人或机构。评委会赞扬卡达莱"代表了阿尔巴尼亚文学的最高峰"。

**2015年** 79岁的卡达莱获得了2015年度的耶路撒冷文学奖(Jerusalem Prize)。耶路撒冷奖创办于1963年,每两年颁发一次,意在表彰其作品涉及人类自由、人与社会和政治之间关系的作

2009年 卡达莱获第26届纽斯塔特国际文学奖发表讲话

家，往届得主包括亚瑟·米勒、苏珊·桑塔格、伯特兰·罗素、V.S.奈保尔、约翰·马克斯维尔·库切、豪尔赫·路易斯·博尔赫斯、米兰·昆德拉、西蒙娜·德·波伏娃、奥克塔维奥·帕斯和村上春树、乔伊斯·卡罗尔·欧茨等。

**2020年** 卡达莱成为第26届纽斯塔特国际文学奖（the Neustadt International Prize for Literature）得主。纽斯塔特国际文学奖是美国最有声望的国际文学奖，作为瑞典皇家科学院每年诺贝尔文学奖评选的前奏，一向有"诺奖摇篮"美誉，常常被称为"美国的诺贝尔奖"，用于嘉奖在诗歌、小说或戏剧等方面取得突出成就者，该奖项的颁发是对一位作家毕生成就的奖励，而不仅仅针对某一部作品的成就。其主办方《今日世界文学》评论卡达莱是"世界上最伟大的作家之一，也是民主和言论自由的捍卫者"。中国作家巴金、戴厚英、北岛、莫言等曾获得该奖项的提名。

2019年 卡达莱在韩国
获得Pak Kyongni奖

2016年 卡达莱八十周年诞辰纪念邮票

  卡达莱也是诺贝尔文学奖 (Nobel Prize in Literature) 的热门人选之一，经常被拿来与卡夫卡、奥威尔、赫拉巴尔、马尔克斯等文坛巨匠相提并论。他对阿尔巴尼亚的传统和巴尔干特质有深刻体察，有评论认为，从他的作品中可以看到卡夫卡式的洞察力、昆德拉式的反讽、奥威尔式的犀利以及马尔克斯式的魔幻气息。但卡达莱，依然是卡达莱。目前虽未能如愿获得诺贝尔文学奖，但没有人能够否认他夺奖的实力，甚至有评论家说，单单一本《梦幻宫殿》，卡达莱就足以获得诺贝尔文学奖。

2009年 卡达莱在奥维耶多获阿斯图里亚斯亲王奖

2020年 伊斯玛伊尔·卡达莱被法国总统授予"荣誉军团指挥官"称号

# 卡达莱作品的出版与评价

《阿伽门农的女儿》法文版

《接班人》法文版

《留利·马兹莱克的生活、游戏和死亡》法文版

《金字塔》法文版

《三月里寒冷的花》法文版

《谁带回了杜伦迪娜》法文版

《被放逐的女孩》英文版

《叛徒的天地》英文版

## 诗歌

1954年,《少年的灵感》

1957年,《幻想》

1961年,《我的世纪》

1963年,《群山为何而沉思默想》

1966年,《山鹰在高高飞翔》

1968年,《太阳之歌》

1969年,《六十年代》

1972年,《时代》

## 小说

1963年,《亡军的将领》

1970年,《雨鼓》

1970年,《城堡》

1971年,《石头城纪事》

1975年,《一个首都的十一月》

1978年,《伟大的冬天》

1978年,《耻辱龛》

1978年,《叛徒的天地》

1978年,《三孔桥》

1978年,《破碎的四月》

1980年,《谁带回了杜伦迪娜》

1980年,《冷静》

1981年,《梦幻宫殿》

1988年,《冬末音乐会》

1991年,《致盲敕令》

1992年,《金字塔》

1993年,《阿伽门农的女儿》

2000年,《三月里寒冷的花》

2001年,《在一个女人的镜子前面》

2001年,《无广告的城市》

2002年,《留利·马兹莱克的生活、游戏和死亡》

2003年,《影子》

2003年,《以后的年份》

2003年,《接班人》

2004年,《月夜》

2008年,《错宴》

2009年,《被放逐的女孩》

2010年,《事故》

2015年,《娃娃》

**其他**

1981年,《H档案》

《梦幻宫殿》法文版

《破碎的四月》英文版

《亡军的将领》英文版

《亡军的将领》1970年法文版

卡达莱的作品,很受欧洲乃至世界读者的欢迎,迄今为止,卡达莱的作品用几十种语言在世界各地共出版了近千次。其中《亡军的将领》用29种语言出版了71次,《城堡》用14种语言出版了40次,《石头城纪事》用17种语言出版了34次,《破碎的四月》用14种语言出版了31次,《谁带回了杜伦迪娜》用13种语言出版了23次。其他作品也在各地纷纷出版,此处不再一一列举。

2005年,阿尔巴尼亚地拉那"奥奴弗里"出版社(专门编辑出版卡达莱作品的出版社),出版了一本长达470页的作品《世界各种语言中的卡达莱》,收集了卡达莱作品在法国、美国、英国、德国、西班牙等国所引发的反响,部分评论摘译如下:

这是一部奇特的小说。在这部小说里(指《亡军的将领》),戏剧性不断地伴随着幽默,让我们发现了过去所不熟悉的阿尔巴尼亚文学。

——法国"南方电台",1970年3月11日

在这部荒诞的史诗里,幻想现实主义涂上了一层淡淡的幽默色调。这是一种从地下目击的战争,即从墓穴里目击的战争。这部书透过死者的魂灵使欧洲最小的国家之一——阿尔巴尼亚进入了共同的图书市场。

——巴黎《费加罗报》,1970年4月12日

毫无疑问,这部书的出版,将是一种新发现,发现了我们几乎不了解的阿尔巴尼亚文学,这一文学首先使作家伊·卡达莱进入到高不可攀、求之不得的层次。

——巴黎《最后一分钟报》,1970年3月13日

幽默,含蓄的激情,轻松自由、朴素自然的叙述,机敏的语调,不外露的技艺,曲折的教诲,异乎寻常的景观,喜气洋洋的新人——所有这些因素使这部小说比任何别的作品都更精致。这里有当今正在觉醒的世界的画像,它葆其能量、力量和色彩。

——法国《罗兰共和报》,1970年5月17日

在卡达莱的作品中,或多或少还有黑色幽默的味道。

——雅克·雅乌布尔

卡达莱让肖洛霍夫和卡夫卡紧靠在一起,让萨特靠近布莱希特,没让海明威离开聂鲁达太远。

——阿兰·博斯凯

将来,伊·卡达莱一定会成为诺贝尔文学奖的候选人。

——V.H.德比杜

《接班人》英文版

《阿伽门农的女儿》英文版

《娃娃》英文版

《影子》法文版

《三孔桥》英文版

《事故》英文版

《石头城纪事》英文版

# 我们应当如何评价卡达莱这个作家

## 郑恩波

撰文

多年来，在欧洲各国特别是法国文学的天空，有一颗格外耀眼的明星。他一连出版了近三十部长篇小说和为数不少的中、短篇小说，杂感，随笔和游记，而且几乎每部长篇小说都被译成多种文字在欧美广为发行。法国文学界赞美他可与海明威、卡夫卡等文学大家比肩，甚至还多次呼吁他应当成为诺贝尔文学奖得主。

这位文学明星就是击败数十名文坛巨匠，于2005年6月荣获首届布克国际文学奖的阿尔巴尼亚当代著名作家、诗人和社会活动家伊斯玛伊尔·卡达莱。

## 卡达莱早年的诗作

也许有人以为，经济发展滞后，人口仅有三百多万的阿尔巴尼亚，根本出不了具有世界文学水平的大作家，卡达莱获此殊荣，是一种偶然或者是出于某种特殊原因。但据我四十余年来对阿尔巴尼亚文学特别是对卡达莱文学生涯的跟踪和研究，应当说，这是一个很值得深入研究的问题，而不能手中无材料只凭主观想象，武断地下结论。

卡达莱之所以能荣获布克国际文学奖，是有多方面原因的。第一，我们知道，阿尔巴尼亚国家虽小，但她具有同希腊、古罗马一样悠久的历史和灿烂的文化，在源远流长的文学史上，阿尔巴尼亚就涌现出不少可与意大利文艺复兴时代的名作家相媲美的人物。也就是说，阿尔巴尼亚的文学根基是相当厚实坚牢的，有了这样的根基，是可以建起雄伟瑰丽的文学大厦的。第二，阿尔巴尼亚当代文学也曾是经过时代风雨考验与磨砺并具有很高水平的先进文学，她拥有一批被欧洲许多有识之士公认的能和当今世界上最著名的作家、诗人摆在同一个天平上的杰出人物(如德里特洛·阿果里、彼特洛·马尔科、雅科夫·佐泽、泽瓦希尔·斯巴秀等)，卡达莱只不过是他们当中的一个代表。

其实，多年前，卡达莱就是一个名声显赫的人物。他是一个在社会主义制度下一步一步成长起来的作家、诗人，也是一个得到阿尔巴尼亚党和政府特别关照，享有崇高声誉的骄子。

1936年，即意大利法西斯侵占阿尔巴尼亚(1939年4月7日)的前三年，卡达莱出生于南方著名的山城纪诺卡斯特(与阿尔巴尼亚前最高领导人恩维尔·霍查是同乡)。他在这里读完了小学和中学，后进入地拉那大学历史—语文系，主攻阿尔巴尼亚文学。早在青少年时代，卡达莱就崭露出诗才，18岁就出版了诗集《少年的灵感》(1954)，21岁又出版了诗集《幻想》(1957)，之后，又在25岁的时候，出版了引起诗坛广泛关注和好评的诗集《我的世纪》(1961)。

这三部诗集以新颖鲜活的想象力和个性突出的诗歌语汇，得到前辈诗人拉·西里奇、法·加塔的夸奖和重视。20世纪50年代后期，卡达莱被政府派送到莫斯科高尔基文学院深造。在那里，语言天赋甚高的卡达莱很好地掌握了俄语和法语，从丰富、斑斓的俄苏文学和法国文学中汲取了宝贵的营养，一生受益无穷。1961年夏天，国际风云骤变，阿苏关系破裂，卡达莱被迫回到地拉那，先后在《光明报》《十一月》文学月刊和《新阿尔巴尼亚画报》任编辑。有一段时间还主编过法文版的《阿尔巴尼亚文学》。与此同时，他还继续从事自中学时代就开始的诗歌创作活动。

1963年，对卡达莱一生的文学事业都具有重要意义，这年秋天是决定他一生命运的季节。阿尔巴尼亚劳动党中央机关报《人民之声报》，以整版的版面发表了他的长诗《群山为何而沉思默想》。这首长篇抒情诗，以超凡独特的想象和联想，描述了剽悍骁勇的阿尔巴尼亚人民世世代代同枪结下的不可分割的血肉关系。长诗一开篇，就以奇崛的文笔把读者带进一个梦幻的世界：

太阳在远方的道路上降落的时光，
群山为何而沉思默想？
傍晚，一个山民朝前走着，
背的长枪将千百公里长的影子甩在大地上。
枪的影子在奔跑，
斩断了山岭、平原和村庄；
暮色里枪筒的影子匆匆地向前移动，
我也行进在陡峭的山崖上。
缕缕情丝深深地缠在我的脑际，
对种种事情想得很多、很远、很长。
思索和枪筒的影子交叉在一起，
苍茫中发出咔嚓咔嚓的声响。

卡达莱是一个擅长创造雄奇、空濛意境的诗人。随着思考和枪的影子发出的声响，诗人把千百年来阿尔巴尼亚人民为自由而浴血征战的场景，灾难深重的阿尔巴尼亚贫穷凋敝、满目疮痍的景象，豺狼虎豹抢占劫掠阿尔巴尼亚的狰狞面目，英雄儿女为保卫大好河山英勇抗敌、宁死不屈的勇士气概，全都清晰而生动地展现在读者面前。人民前仆后继地战斗，不论遭到多少挫折和失败，对胜利始终都抱有最大的希望。诗中画龙点睛地唱道：

宁静是虚假的现象。
群山等待着领导者率领他们奔向前方。
阿尔巴尼亚在期盼着，
期盼共产党降生在大地上。

诗人没有再多写关于共产党的事，只是轻轻一点，作一个小小的铺垫，预示未来将有新的诗篇诞生。

《群山为何而沉思默想》以丰颖而奇特的形象和排山倒海的气势，深刻地阐释了阿尔巴尼亚人民千百年来伟大力量的源泉所在。它在《人民之声报》上发表的当天晚上，卡达莱就接到了劳动党中央委员会第一书记恩维尔·霍查的电话。领袖的热烈祝贺，给予卡达莱极大的鼓舞和力量，同时也大大地提高了他的声誉和在诗坛的地位。

三年后的秋天(1966)，在阿尔巴尼亚举国欢庆劳动党成立二十五周年前夕，卡达莱又在《人民之声报》上发表了长诗《山鹰在高高飞翔》。这首诗在内容和创作思路上，都和《群山为何而沉思默想》一脉相承。在这首激越磅礴的长诗里，诗人满怀炽热而诚挚的情感，描述了劳动

党在革命风暴中诞生、壮大的光辉历程。首先,诗人把劳动党比作梧桐树,把人民比作土地,强调了党和人民群众不可分割的关系:

党啊,
哪里能找到你的影子?
在这古老的国土里,
您像耸入云霄的梧桐树,
把根子分扎在暴风雨经过的道路上……

党与人民相连的根子是挖不尽、斩不断的,对此卡达莱进一步唱道:

敌人要想拔掉你,
除非把这沉重而古老的土地全吞光。

共产党的建立,是苦难的阿尔巴尼亚的最大喜讯,山山水水都为之欢呼,于是卡达莱又敞开心扉纵情高歌:

连绵的山啊,
高大的山,
闻讯摇动天地转。
风儿啊,

山把礼品献给你,

请将喜讯快快传……

又过了三年,即1969年阿尔巴尼亚民族解放战争和人民革命胜利二十五周年前夕,卡达莱又发表了第三部著名的抒情长诗《六十年代》,纵情歌颂阿尔巴尼亚劳动党及其领导者霍查在20世纪60年代国际共产主义运动中的历史功绩和贡献。

《群山为何而沉思默想》《山鹰在高高飞翔》《六十年代》这组三部曲式的抒情长诗,从历史写到现今生活,思想深邃,技艺精湛(特别是前两首),均荣获过共和国一等奖。通常《人民之声报》是不发表诗歌和小说的,但卡达莱的三首长诗却能连续三次以整版的版面在报上隆重推出,这可是阿尔巴尼亚文坛上史无前例的盛事。从此卡达莱名声大振,在阿尔巴尼亚诗歌界独领风骚近十年。直到1974年,德里特洛·阿果里的长诗巨著《母亲阿尔巴尼亚》问世之后(在此之前,这位诗人还发表了《德沃利,德沃利》《父辈》《共产党人》等家喻户晓的诗篇),卡达莱的独领风骚的地位才被阿果里所取代。

卡达莱是一位极力追求艺术表现力的诗人,给阿尔巴尼亚诗歌带来了不少新主题、新思想、新形象和新语汇,他的许多诗作中都包含发人深思的哲理。卡达莱的诗歌,基本上都是现实主义的完美之作,同时,他又是受俄罗斯大诗人叶赛宁和马雅可夫斯基影响至深的诗人。从他们的作品中,卡达莱学习了未来派和象征派的表现手法,运用了阿尔巴尼亚诗人少用的诗歌语汇,增强了表现力和新鲜感,比如"时间的牙齿咬住阿尔巴尼亚的腋下","歌儿像从枪口里吐出的红玫瑰一样","白色的钟摆敲响敌人的丧钟"(把尸体比作钟摆),"一片带血的羽毛伴随着十一月的树叶落到地上"(用带血的羽毛象征烈士),"房屋像暴风雨中的雄鹰直上云天"(用共产党的诞生地——一所小房子象征党),等等。这些形象的捕捉和运用,显然受到了象征派诗歌的影响,这一倾向更明显地表现在后来的两部诗集《太阳之歌》(1968)、《时代》(1972)中。

**卡达莱的小说创作**

如同许多才华横溢的诗人又是著名的小说家一样,卡达莱也是创作小说的强手,而且越到后来越明显:小说创作更能显示他的文学天赋和成就。

还在创作使自己名声大振的长诗《群山为何而沉思默想》的时候,卡达莱便开始了长篇小说《亡军的将领》的创作。这是卡达莱长篇小说创作的处女作,也是他全部长篇小说中最成功的作品。它在欧洲特别是在法国产生了使阿尔巴尼亚人感到骄傲与自豪的影响。我们知道,意大利法西斯1939年4月侵占阿尔巴尼亚时,卡达莱年仅三岁,他既没有彼特洛·马尔科参加西班牙战争的经历,也没有像赛弗切特·穆萨拉依、法特米尔·加塔那样亲赴民族解放战争的战场,在枪林弹雨中目睹人民的丰功伟绩。这就是说,卡达莱不可能采取以往作家那些写法来写民族解放战争。他要像画家、摄影家选取合适的角度那样,精心选取自己的角度。他抓住了一名意大利将军赴阿尔巴尼亚搜寻意大利阵亡官兵遗骨这条主要情节线,将他所熟悉的甚至自

《亡军的将领》1963年 阿尔巴尼亚语第一版　　《亡军的将领》2006年 阿尔巴尼亚语版

幼就听到的种种故事，巧妙地、得心应手地编织在上面；具体落笔时，又不直接地去描写战场上的刀光剑影，而是全力去展示各种人物对战争的思考和心态。这就是卡达莱描写民族解放战争的新角度。他的才华和灵气，也主要在这一点上展露出来。

　　一个将军在一个神父的陪同下，到异国的土地上寻找阵亡者的遗骨，这是一件多么乏味无趣的事情！但是，聪明的卡达莱却让我们看到，围绕着寻找遗骨这件事，作者采取故事中套故事，链环上结链环的技巧，多层面、多方位、纵横交叉、上下贯通，全面地描绘了反法西斯民族解放战争的画面。书中既有对大智大勇的祖国儿女的赞颂，也有对法西斯的种种罪行、卑劣道德、龌龊心灵及其内部肮脏复

《亡军的将领》英文版　　　　　　　《亡军的将领》阿尔巴尼亚语版

杂关系的揭露与嘲讽。阿尔巴尼亚人民的古老传统，解放后社会的变迁、文化品质、丰富多彩的民风习俗，人民群众宽厚善良的人道主义精神和坦荡无私的胸襟，都有分寸得当、恰到好处的展示，博得了国内外有识之士的赞誉。书中的许多段落，都可以单独摘出成篇，作为一束束娇媚的鲜花供人观赏，也能连成一体，合为一株骨干突出、枝蔓分明、硕果累累的大树，覆盖庭院供人纳凉。另外，作者还成功地运用了新颖奇特的对比、富有幻想性的拟人化手法、生动贴切的比喻，以及极度夸张等富有表现力的艺术手段。更为新鲜的是，作者成功地借鉴了意识流、魔幻现实主义和黑色幽默的技艺，大大地增强了作品的可读性和感染力。这在20世纪60年代的阿尔巴尼亚，不能不说是勇敢之举。

《亡军的将领》在阿尔巴尼亚当代文学史上具有特殊的价值，不论在处理问题的深度上，还是在总的艺术形式的新鲜性上，都是阿尔巴尼亚文学发展中的新现象。使卡达莱这部小说与众不同的特点之一是它的多声部。这种多声部来自丰富的思想、深刻的思考，来自富有感染力的语言和形象。为了表现这种多声部的特质，这部小说在结构的不同环节上，在作者和人物的对话独白之间打破了界限，扫除了人物、作者和读者之间的距离。运用对各个层面和各种社会成分的描写的新技艺，卡达莱扫除了事件发生的时间距离，将那些客观上发生在战争年代的事件的时间，同小说情节发展的时间联系在一起。这种时间的接近加深了它们的现实感。卡达莱这部小说的一大贡献，正是体现在这个方面。卡达莱通过这部小说，进行了一次传统、事件和道德价值成功结合的艺术探索，为阿尔巴尼亚当代小说的发展，开辟了一条新的道路。

几十年来，反法西斯民族解放战争，一直是阿尔巴尼亚作家最爱表现的题材，卡达莱对此也有浓厚的兴趣，并且以多部长篇创作拉开他一生小说创作事业的序幕。继《亡军的将领》之后，他又创作了《石头城纪事》(1971)和《一个首都的十一月》(1975)两部与反法西斯民族解放战争息息相关的长篇小说。

《石头城纪事》也是一部匠心独运、奇妙别致的小说。它摆脱了常见的描写战争小说的窠臼，不去直接描绘游击队员同法西斯强盗你死我活的争斗与较量，而是选取战争即将结束、曙光就在眼前为历史性时刻，入木三分地描绘社会各阶层一些最有代表性的人物的心理状态、情绪和表现，着力展示各种社会力量对待新旧时代、新旧社会、新旧风气的不同立场和感情。卡达莱确实有一支多彩的妙笔，在很短的篇幅里，出神入化地勾勒出历史转折关头的芸芸众生，巧妙地编织了各种人物的关系网，读者透过这个错综复杂的关系网，目睹了新、旧世界交替时刻整个阿尔巴尼亚的社会风貌。在后来接受记者采访时，卡达莱对《石头城纪事》的创作讲过这样一段话："我要在这部小说中反映那些混乱，充满英雄气概、荒诞气氛和悲剧性的日子。那时候，整个山城带着沉重的负担从黑暗走向自由，摆脱了中世纪的陈规陋习，又陷入外国占领者的落后野蛮的桎梏之中，全部生活都处在敌人的威胁之下，这种痛苦是前所未有的，然而，光明就在前头……"卡达莱的这番话对我们理解《石头城纪事》这部小说颇有裨益。

《石头城纪事》也引起他国有识之士的重视，不少法国评论家给予了很高的评价。吉尔·拉布兹认为"它是我们的时代最好的长篇小说之一"。对于这部小说的艺术尝试，有的评论家评论道："这部小说打破了小说要有主要人物和围绕主要人物编织全部情节和故事的老观念。小说中没有主要人物，有的是集体群像。作者还吸收了现代主义电影的许多表现手法和艺术技巧。"评论家雅克·雅乌布尔指出："在卡达莱的这部小说中，或多或少还有黑色幽默的味道。"而阿兰·博斯凯还进一步评论说："卡达莱让肖洛霍夫和卡夫卡紧靠在一起，让萨特靠近布莱希特，没让海明威离开聂鲁达太远。"V.H.德比杜甚至还预言：将来卡达莱一定会成为诺贝尔文学奖得主。

《一个首都的十一月》在描写的内容方面与《石头城纪事》有某些相似之处。它仍然没有把新生力量、人民群众的英雄业绩、游击队和共产党人不屈不挠的伟大斗争作为描写的重点，而主要表现被革命砸碎了的旧世界和被推翻了的统治阶级、腐朽势力以及他们的心理、精神生活。不过，这种描摹和渲染远不像《石头城纪事》那样宽泛。作者的目光并没有集中在整个旧世界，而是在被埋葬了的社会制度的上层建筑领域捕捉要描写和塑造的形象。不过卡达莱如果能对当时如火如荼的革命形势和人民群众改天换地的士气作些描写和讴歌，这部小说会具有更大的社会意义和历史价值。然而，他没有这样去写，这不能不说是一个很大的遗憾。

乔治·卡斯特辽特·斯坎德培(1405—1468)是阿尔巴尼亚历史上最伟大的民族英雄，曾领导全国人民同野蛮的力量超过阿尔巴尼亚几十倍的奥斯曼土耳其侵略者进行了可歌可泣的伟大斗争。斯坎德培的利剑阻挡了奥斯曼土耳其对欧洲的进犯，保卫了欧洲的文明。斯坎德培的英雄业绩和对阿尔巴尼亚及欧洲所作的伟大的历史性贡献，为历代的阿尔巴尼亚作家、诗人提供了丰富的创作素材。历史知识渊博并富有丰富想象力的卡达莱，也在这一领域显示出杰出的艺术才华。这一点集中地体现在他的长篇小说《城堡》(1970)的创作中。

《城堡》的故事情节很富有传奇色彩：15世纪时，奥斯曼土耳其将阿尔巴尼亚的一座城堡团团围住，欲逼迫城里的人缴械投降。土耳

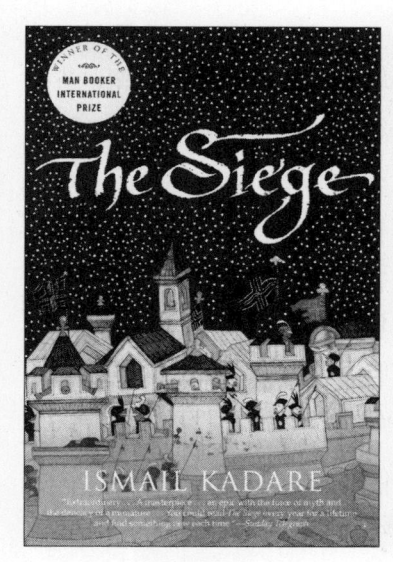

《城堡》英文版　　　　　　　　　　《城堡》阿尔巴尼亚语版

其人发现，软硬兼施的手腕、"朋友"的中间拉拢都不能奏效，于是决定向城堡发起攻击，先用大炮狂轰一番，然后开始猛烈冲击。但他们失败了。敌兵军事指挥部岂能善罢甘休！又派骑兵攻城。与此同时，工兵也采取攻势，挖了一条暗沟，妄图到城堡内部瓦解对方，以便夺城。可是，由于城堡里的阿尔巴尼亚人保持高度的警惕，敌人的这一计划也落了空。凶恶的奥斯曼进犯者又采取断绝水源的罪恶行动，向阿尔巴尼亚人施压。坚强的阿尔巴尼亚人节约使用每一滴水，誓死不向敌人屈服。残暴的敌人开始用新式武器，然而，这一招也以失败而告终。气急败坏的奥斯曼侵略者发起了总攻。攻城最终也未得逞，敌军总司令以自杀结束了罪恶的侵略行径,狼狈不堪的敌兵丢盔弃甲,仓皇鼠窜。全书的情节安排得非常紧凑,主要矛盾集中在敌我双方的斗争上,突出了时代特点和历史气氛。小说对奥斯曼侵略者的行动计划写得非常详细,层层深入地揭露了敌人野蛮、凶残和茹毛饮血的本性,极其深刻地剖析了杜尔索然·巴夏总司令及其党羽们阴暗、龌龊、险恶的心理。敌人的阵容被描写得兵强马壮,武器装备足以显示出天下无敌的威力。但就是这样强大的军队,却在骁勇顽强的阿尔巴尼亚人面前遭到惨败。卡达莱对这种反衬手法的成功运用,很是值得称道。他还把表面上威风凛凛、趾高气扬的奥斯曼军队首领,在政治、思想、道德等方面的腐朽堕落揭露得淋漓尽致,显示出他驾驭重大历史题材时思想的稳健和艺术上的成熟。

我们对《城堡》作了较为细致的概述和评说,是为了向读者说明:卡达莱在描写军事内容方面,也完全懂得并能成功地使用常见的写法。前面提到三部与反法西斯民族解放战争相关的小说在写法上有些奇特,那只能说明卡达莱在艺术上有强烈的追求,而不能说明这时候的卡达莱就是一个反传统的先锋派作家。

卡达莱是在社会主义制度下,一帆风顺地成长起来的享有很高威望和特权的作家。在相当长的时间里,他听从劳动党中央和恩维尔·霍查的指示,并与霍查保持了良好的合作关系,甚至在有的作品中,他还把霍查作为中心人物加以描写和歌颂。这是文坛内外人人皆知的事实。由于他的身份和贡献非同一般,因此,连续多年他都是人民议会代表,最后还当上了劳动党中央委员。卡达莱的政治嗅觉

《冬末音乐会》法文版　　　　　　《冬末音乐会》英文版

很灵敏,并擅长紧跟变化的政治形势创作,这一点在《伟大的冬天》(1978)、《冷静》(1980)及《冬末音乐会》(1988)几部长篇小说中展示得尤为充分。这也是他得到国家领导人格外器重和赏识的主要原因。但是,他在荣获布克国际文学奖面对记者的采访时却说:"如果你在很年幼时涉猎文学,你就不会懂得太多政治。我想这拯救了我。"言外之意他是不懂政治,对政治不感兴趣,从年幼时起就是与政治无缘的。卡达莱的这番话是否符合他本人的真实情况,了解他的读者自会评判。

诚然,卡达莱的情况是比较复杂的,在劳动党丧失政权的前十年,他的确是亦步亦趋地跟着劳动党的国际政策从事政治小说创作的,但有时也会出现严重失误,因此受到有关部门的严厉批评,这也是事实,例如,因《冷静》和诗篇《中午政治局聚会》就曾落到非常难堪的境地,甚至公安部门、国家档案馆都立了关于卡达莱的专案。卡达莱也被迫作过检查,只因他是一个具有特殊才能并得到高层领导关照和保护的作家,所以当时对他的批评和指控只在内部进行,一般人士和读者对此全然不知。许多年过去了,《一部关于卡达莱的档案》才将许多从前人们不了解的真相公布出来。

苏联解体和东欧剧变也把巨大的冲击波带到了阿尔巴尼亚。1990年年底,阿尔巴尼亚政局开始动荡起来,不久,劳动党就丧失了政权,卡达莱也受到不小的冲击。有些极端分子甚至捣毁了他在故乡纪诺卡斯特城的老宅。在这种混乱的形势下,与法国文化界很早就过从甚密并早已有所准备的卡达莱,便偕夫人埃莱娜及女儿去了巴黎。

对于卡达莱的出走,阿尔巴尼亚人有不同的说法。有的说他是去法国寻求政治避难,背叛了祖国和人民;有的则说他具有双重国籍,对阿尔巴尼亚人民的命运和国家的政治、经济形势仍然很关心。据我观察,他虽然与家人侨居巴黎,但仍然经常回国参加某些重要的社会活动,接受媒体的采访,到大学里发表演讲。1999年科索沃被轰炸期间,他异乎寻常地四处奔波,多次去科索沃巡视难情,亲自给美国总统写信,呼吁为拯救阿尔巴尼亚民族的命运而抗争。他还写了两部关于科索沃的纪实作品,表现出对科索沃阿族兄弟的极大热忱。也

1991年
卡达莱

许人们要问:卡达莱毕竟是一个作家,这些年来,在法国他主要干了些什么?事实上,作为一个作家,卡达莱把主要精力还是放在了长篇小说创作上。他几乎每年都有一部长篇小说问世。这些作品从内容上可以分为两大类。一类是历史题材小说和以民间传说为基础而创作的魔幻小说;一类是描写阿尔巴尼亚当今社会生活的"暴露性"小说。这些小说有的是在原来已有的短篇或中篇的基础上加以扩充发展成的;有的是平地起高楼,纯属新作。从写法上来看,这一时期的卡达莱,加进了不少魔幻成分,甚至黑色幽默的色彩。青少年时代他的作品中那种高昂热烈的激情,对人生和未来持有的美好崇高的理想,已全然看不到了。

第一类小说中具有代表性的作品有《破碎的四月》(1978)、《谁带回了杜伦迪娜》(1980)、《以后的年份》(2003)等。《破碎的四月》触及的是20世纪30年代的阿尔巴尼亚社会现实,但作者批判、鞭挞的宗法制度下的伦理道德、世俗观念,在今日的社会中依然存在。这种封建的落后势力,一直影响着社会的进步和发展,应当受到抵制并逐步加以取缔。《谁带回了杜伦迪娜》是根据家喻户晓的民间传说而改编、创作的。不过,作者的意图是呼吁阿尔巴尼亚人积极行动起来,团结一致抵抗敌对势力的种种罪恶阴谋。《以后的年份》描绘出奥斯曼土耳其撤离阿尔巴尼亚之后,祖国被列强宰割,城乡一片凋零,社会停滞不前的凄惨图画。这一类小说是写得好的,具有一定的认识价值和教育意义。

另一类小说是卡达莱创作的主要成果。颇具代表性的作品有《梦幻宫殿》(1981)、《三月里寒冷的花》(2000)、《在一个女人的镜子前面》(2001)、《无广告的城市》(2001)、《留利·马兹莱克的生活、游戏和死亡》(2002)、《影子》(2003)及《月夜》(2004)等。

《三月里寒冷的花》采用数码结构主义的写法,运用荒诞夸张的笔墨,描述了姑娘与蛇结婚,互相残杀流血的陋俗恶习重新抬头、盗窃抢劫行为遍地发生的黑暗现实,给读者造成这样一种印象:当今的阿尔巴尼亚社会,是一种毫无希望,任何人都没有出路的社会。小说灰暗的色调、悲观的倾向将作者消沉的情绪和心境展露无遗,连专门以出版卡达莱的作品为营生的"奥努弗里"出版社,在对本书的介

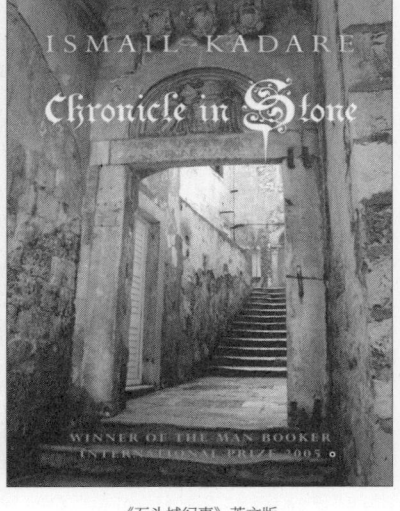

《梦幻宫殿》英文版　　　　　　　　《石头城纪事》英文版

绍中都说:"这是卡达莱平生第一次如此阴郁地、悲观地出现在阿尔巴尼亚的现实面前……"

《留利·马兹莱克的生活、游戏和死亡》所讲的故事令人不寒而栗。小说详尽地描画了马兹莱克艰难苦恨的人生征程,继而讲述了他被迫逃亡、死在他乡的故事。

《影子》写于1984年至1986年,当时未能得到出版的许可。手稿秘密地保存在法国一家银行里,政情发生变化后才得以出版。

《月夜》讲的是一个名叫玛丽阿娜的姑娘受不了社会舆论和上层建筑关于道德标准的压力而被迫自杀,成为一个可悲的牺牲品的故事。令人深思的是,这一悲剧恰好发生在国家总理"自杀身亡"之后很短的一段时间里，这就大大地增加了这部小说的针对性和干预现实的色彩。

通过对上述一些作品概括性的描述和对重要作品出版情况的介绍，我们可以清楚地看到，卡达莱侨居法国所创作的作品与在社会主义年代里他所留下的那些经典性作品相比较，是有着本质区别的。想当年，身为人民议会代表、劳动党中央委员会委员的卡达莱积极向上，勇往直前，是建设和保卫阿尔巴尼亚社会主义文学的先锋。那时候，他的作品充满了社会主义、集体主义和爱国主义精神，为读者提供了丰富的精神食粮。作品的艺术水平相当高，是许多青年作者学习写作的范例，也得到国外广大读者和文学界里的行家里手的广泛认同。当时，他是阿尔巴尼亚文艺工作者的一面旗帜，为国家和人民赢得了巨大的光荣。而后来，随着国际形势和阿尔巴尼亚国情的骤变，他的世界观、人生观、理想追求与信仰，都发生了变化。在社会主义年代，卡达莱的文名就蜚声阿尔巴尼亚国内外。而侨居法国后，他的知名度似乎比从前又高了许多。不过，从上面列举的一些作品在世界各国出版的情况来审视，各国读者更多的还是喜欢卡达莱在社会主义年代创作的那批精品佳作。这是很值得我们深思的。

2017年
卡达莱

卡 达 莱 个 人 访 谈

# 战争中的人性是复杂的

本文摘自腾讯网文章《专访卡达莱：战争中的人性是复杂的》（作者腾讯文化王晟），有删节。

2019年 卡达莱
获得第26届
纽斯塔特国际
文学奖

**腾讯文化**：外界认为，阿尔巴尼亚的传统文化是你作品独特风格的源流。在你的《石头城纪事》《破碎的四月》《三孔桥》等书中，都体现出了非常丰富的阿尔巴尼亚民族文化特质。那么，你如何概括阿尔巴尼亚文化特质对你写作的内在影响？

**卡达莱**：阿尔巴尼亚文化是欧洲文化的一部分，它的特质和欧洲所有的文化特质是一样的。也就说，它是基于阿尔巴尼亚的传统和历史的。

但文学是独立的，不依赖于历史，也不依赖于国家政治。文学与文化有关联，但并不从属于文化——文学有的时候像另一种文化，它的最高准则，就是作为一种精神创造物体现的独立性。

文学是世界通用的语言。一位作家创作时，是写给全世界，而不仅仅是他自己国家的读者的。我们写作是为了人类，为了体现丰富的人性。

**腾讯文化**：让我们说说你写作时使用的阿尔巴尼亚语吧。它是如何影响你的写作的？

**卡达莱**：阿尔巴尼亚语可以算是欧洲最古老的语言之一。中世纪时，很多阿尔巴尼亚文学作品是用阿尔巴尼亚语、拉丁语和古意大利语创作的。很多作家用两种语言写作。这在欧洲算是一个比较知名的文学现象。

但在奥斯曼帝国统治阿尔巴尼亚时期,阿尔巴尼亚语一度被禁止使用。这也就是在阿尔巴尼亚文学史中,有很长一段时期里,作品是由拉丁文写成的原因。当这个禁令被废止之后,在1555年左右,第一批用阿尔巴尼亚语撰写的书籍出现了。

我的所有作品都是用阿尔巴尼亚语写的。我认为这门语言发展得足够好,可以满足我创作的需要。

**腾讯文化:**即便是在1990年代搬到巴黎后,你也没有使用法语写作,对吗?

**卡达莱:**是的。我能讲法语,但没有用法语写作。在创作时,除了母语,确实有一些阿尔巴尼亚作家偶尔会使用其他语言,但我不做这种改变。一方面是我不愿意,另一方面,我的法语写作水平还不足以表达我想要表达的东西。即便我现在的生活一半在阿尔巴尼亚,一半在巴黎。

**腾讯文化:**作为一个关键词,"史诗"反复出现在你的作品中。布克国际奖评委会主席、牛津大学教授约翰·卡利也说,你依循着可以回溯至荷马的叙事传统。但你说,史诗的时代已经过去了。这是为什么?

**卡达莱:**"史诗"是一个非常浪漫的概念,人们非常喜欢它。人们喜欢用史诗来讲述历史和民族的故事。但对于我来说,这削弱了文学的本质。文学必须依照自己的行事法则来运行,尤其是我前面说的独立性。而史诗过于流行,适合普罗大众。

在巴尔干半岛,史诗非常发达,特别是在奥斯曼帝国统治时期——当一个国家被另一个国家占领时,史诗就成为了一种爱国文学,像是一种民族精神的反映。但是当一个国家进入民主社会之后,史诗就变得没有存在的必要了。所以史诗的时代一定会过去。在阿尔巴尼亚,有一些作家也一直在尝试打破"史诗"这种古老的传统。

口述历史也是如此。在阿尔巴尼亚的某个阶段,确实有过很长一段时间的口述历史时期,它影响了数量巨大的民众。但在今天,因为教育的普及,口述历史的传统被越来越丰富的书写历史所取代。我认为,不够发达或者处于过渡阶段的国家,会对口述历史产生更大的兴趣。这种方式如果现在还在继续,就是不正常。

**腾讯文化:** 在创作早期,你写过大量诗歌。在你看来,诗歌写作和小说创作有什么区别?

**卡达莱:** 如今占主流的文学体裁是散文。但在过去的阿尔巴尼亚,诗歌更容易写——因为诗歌更适合用于歌颂。因此在霍查时期,诗歌从来没有遇到过审查的问题。

**腾讯文化:** 你的小说处女作是《亡军的将领》。是什么促成了26岁的你创作《亡军的将领》?你成年后并没有经历过战争,为何能如此深刻地刻画战争对人的影响?

**卡达莱：**我是在1963年创作这部作品的。我当时太年轻了，并不指望创作出辉煌的、热情洋溢的作品，所以选择了一个悲伤的主题来呈现那个时代。而在文学中，悲伤总是比欢愉更能触动人心。我想要写军人的悲伤、军人的死亡，这是我对国家政权的一种见解。我有着与书中那位将军一样的悲伤。

战争中的人性是复杂的。我在四岁时见过战争，这一点经历对于理解战争中的人性当然是不够的，但我能感受到它。文学是表达各种主题的手段，我们能书写爱情或一些哲学的命题，我们也同样能书写战争，所以我选择了战争主题作为开始。

**腾讯文化：**你的小说使用了大量隐晦的语言，比如《梦幻宫殿》。在你看来，隐喻和寓言能给文学创作带来什么？

**卡达莱：**造一栋房子，我们需要建筑材料，在文学创作中也是。我们使用隐喻、寓言、借代来搭建"文学作品"这座建筑。但在当时的阿尔巴尼亚，这些内容经常被删掉。

**腾讯文化：**说到这一点，在20世纪90年代前后，你创作的外部环境发生了巨大的变化，你也搬到了巴黎。这些变化对你的文学创作产生了什么深刻影响？

**卡达莱：**霍查执政时期，有许多"命题作文"和上面交待下来的写作任务。这些在今天当然都不存在了。但我觉得，我的写作并没有因为居住地改变而受到太大影响。我的写作一以贯之，都是一样的。

所以我说，文学是非常独立的一种东西。

**腾讯文化：** 就你自身的经历来说，作为一个生活在特殊时期的阿尔巴尼亚作家，写作的最大劣势是什么？最大优势是什么？

**卡达莱：** 假如你在创作时有一个限制自己的既定框架，这就是你最大的劣势。假如你有强烈的表达欲望，这就是你的最大优势。

**腾讯文化：** 你如何评价阿尔巴尼亚新一代作家的写作？

**卡达莱：** 年轻一代的阿尔巴尼亚作家们积极、有野心，并且自命不凡。对于作家来讲，这些都是好的。他们的使命就是创造好的文学作品。

**腾讯文化：** 你的写作富有魔幻现实主义色彩。在阿尔巴尼亚传统之外，哪些世界作家启发过你？

**卡达莱：** 魔幻现实主义是一种文学现象，但我不同意"魔幻现实主义属于拉美文学"这种肤浅的判断。阅读古希腊和古罗马的文学作品时，我们也会发现其中浓重的魔幻成分——我们无法想象那个时代缺了魔幻成分会变成什么样子。对我来说，但丁的《神曲》就是魔幻现实主义。

就像我这样的阿尔巴尼亚作家，也和全世界的作家一样，天生有权使用魔幻现实主义来表现人性。我相信，在中国文学里，也能找到魔幻现实主义的作品。

**腾讯文化：** 你的作品里经常出现宿命问题。你如何看待宿命？你认为自己的宿命又是什么？

**卡达莱：** 在阿尔巴尼亚文学里，"宿命"曾是被排除在外的一个概念。但"宿命"从来就和文学紧密相连，这是共识。

文学创作并不像历史研究那样需要逻辑清晰。在文学创作中，"宿命"与逻辑和决定论没有任何关联。因此，我们也能在大众流行的口头诗歌里找到"宿命"。"宿命"是一个有挑战性的主题，体现了人类思想的丰富性，也表现了人类思想的黑暗面。与此同时，它也是一个非常有艺术性和神秘感的概念。

我非常喜欢"宿命"，因为其中隐藏着真相，这种真相非常难以寻觅。我个人的宿命就是当作家——这是个非常困难的职业，存在一种世界范围内的巨大竞争，每个从事这种职业的人都在拼命试图创作出好的文学作品。我们必须为此竭尽全力。这是一种痛苦的折磨，但也是一种幸福的折磨。

**腾讯文化：** 你认为自己是阿尔巴尼亚文学的一个"例外"吗？

**卡达莱：** 这是指作为一个作家，是否认为自己在文学界很特殊吗？错了，通常很多人都不得不书写同样的主题。所以唯一的区别是等级，即一个好作家和一个平庸作家之间的区别。

我是阿尔巴尼亚作家里比较出名的一个。在阿尔巴尼亚这么小的国家，成为国际知名的作家非常难，所以我们常常说不出阿尔巴尼亚作家的名字来。但我还是要强调，文学是独立的，有它自己的运行法则，它与国家的大小、强盛与否没有直接的关系。

从逻辑上来讲，一些国家的人口多，应该出现很大数量的国际知名作家，但事实并非如此。从这个角度来讲，是的，我算是个特例，我是阿尔巴尼亚这个小国家里的国际知名作家。这体现了作家这个职业的神秘感，以及文学的美感——一个作家成名与否，没有什么必需的前提。

**腾讯文化：** 有人把你跟卡夫卡和奥威尔相比，对此你怎么看？

**卡达莱：** 我自己很难评价。我很喜欢卡夫卡。我想，我也不会是第一个被人们拿来与卡夫卡做比较的人。

**腾讯文化：** 2013年，莫言的《蛙》在阿尔巴尼亚出版。你是否读过他的作品？

**卡达莱：** 我知道莫言，读过一点他的作品，我觉得很有意思。现在，我的阿尔巴尼亚编辑与中国的出版社签了版权引进协议，准备把一些中国作品译成阿尔巴尼亚语出版。不过，对我来说，中国是另一个世界，我对那里不太了解。中国作家需要更出名一些才行。

**腾讯文化：** 你的作品在中国也很受欢迎。

**卡达莱：** 真的吗？这说明人们对文学的接受度已经超过了人们的日常经验。文学体现出来的人性总能带来新的东西。我很高兴中国读者喜欢我的作品，对于我来说，这是人类精神的胜利，是人性的胜利。

# 卡 达 莱 语 录

2018年
卡达莱

任何一个阵亡者都不应该被忘记。

——《亡军的将领》

战争中很难把悲哀和笑话分开，也很难把英勇和悲痛分开。

——《亡军的将领》

他们勇敢，那是因为他们再也没有什么可以失去了。

——《亡军的将领》

现在，已经没有什么能阻碍我们生命开始凋敝的进程。

——《阿伽门农的女儿》

也许你能进入她的身体，甚至走进她的心里，但是你永远都弄不明白，她还有什么是她自己都不知道的。

——《阿伽门农的女儿》

我们当然可以走出去，走到外面嘈杂的人群中，可我们感到的孤立就像被拘禁在四面是墙的牢房中。甚至比这还要孤独。

——《阿伽门农的女儿》

大概是因为，当幸福确定会出现的时候，总是会被悲伤的光辉环绕着。

——《阿伽门农的女儿》

那座上下颠倒的桥的影像背后，到底藏着什么样的秘密。它不过是这个世界呈现在我们面前那成百上千个令人误解的影像中的一个,只有在你经历了之后才会看清。

——《长城》

任何人,一旦控制住人类生活的幽暗领域,便能行使无边的权力。

——《梦幻宫殿》

我只是希望在我的地盘里,别人不要瞎指挥。

——《雨鼓》

世界上所有的地方,泥土都是一样的,唯一的区别只是上面长出的东西不同。

——《雨鼓》

在这人世间,我们每个人都只是一个影子。

——《雨鼓》

我们在尘世费力厮杀,然而真正的战争在天上。

——《雨鼓》

战争会丧失它不可侵犯的壮烈,在不知不觉中沦为一连串的计谋。

——《雨鼓》

很多时候,一支军队的衰退并非是从战场上开始的,而是从一些微不足道的、人们想不到的细节开始的,比如臭味和脏乱。

——《雨鼓》

在我们的山间,有句著名的谚语非常重要,活着只是因为死亡在休假。

——《破碎的四月》

毕竟,如果每一顶皇冠都是辉煌灿烂的,那么每一顶皇冠也必定是悲伤可叹的。

——《破碎的四月》

他尽力向她解释,死亡赋予了这些人的生命一些永恒的东西,因为死亡的庄严性使得他们从琐碎事物和生活的微不足道的意义中超脱出来。

——《破碎的四月》

他一生中曾经看过许许多多双女人的眼睛,那些眼睛有的热情,有的含羞,有的激动,有的敏锐,有的狡猾,或者骄傲,但是从来没有一双眼睛像她的那样。它们忽远忽近,有时可以读懂有时却高深莫测,有时冷漠有时充满同情。那一瞥,会唤起渴望,有某种特质抓住你,把你带到很远的地方,超越生命,超越死亡,到你能够以安详之心看待自己的地方。

——《破碎的四月》

1990年 伊斯玛伊尔·卡达莱离开阿尔巴尼亚

**版权声明:**

《隐喻者的歌》为图书附赠品,不单独销售。其中涉及伊斯玛伊尔·卡达莱本人不同时期的图片,因信息繁杂,无法获得著作权人的准确信息。请版权拥有者联系我们,出版社会及时处理相关事宜。